Sarah Kirsch
Regenkatze

Sarah Kirsch
Regenkatze

Deutsche Verlags-Anstalt

1. Septembrius 2003, Montauk

Runtergekommene Blätter drängeln sich durch die Türen ins Haus, am liebsten die Treppe noch ruff. Der blaue Maurizius er fährt nach Heide, Fahrkarten koofen nach Luxembourg hin. Das ist eine schöne Herbstunternehmung in die Laubwälder rein. Die Katze hat eine größere Schlaflust. Ich hör Büchermarkt. Eine neue Adorno-Biographie – das ist nicht was mir vorschwebt. Gerade hat Maurice das Dach verlassen, von dem aus er einen Weidenast entfernte, da prasselt ein Hagelschauer.

2. Septembrius 2003, Dienstag

Über Nacht war Stromsperre, mindestens fünf Stunden. Ist ja wie in den Staaten, hab ich zur Schleswag gesagt, die ich angerufen hatte. Man neigt in der Einöde dazu, zu glauben, dass dergleichen ein selbstverschuldetes Fiasko sei. Es wär »was Größeres«, die Antwort. Ich beruhigt wieder mit der Katze zu Bett. Früh zur Melkzeit war alles OK. Heute kommt der Gartenhelfer mit der Kettensäge, den Weidenstamm weiter runterzuschneiden. Der schlägt später wieder aus. Rieb sich am Dach der Garage. Es ist schade um gespenstische Töne.

3. Septembrius 2003, Mistwoch

Ein Tiefausläufer zieht über uns hin mit herrlichen Wolkengebürgen. Es sieht aus wie in den Berner Alpen. Berner Sennhunde sitzen auf dem Mühlstein. Die Emily war heraußen, ist wiederum drin. Auf meinem oder besser ihrem Sofa in mein Schreibzimmer itzt. Und ich wasch in der Küche a bisserl ab, da kommt Maurizio in seiner grünschwarzgestreiften Pyjamahose die Treppe herunter mit dem Kater auf seinem Arm, alle beede noch ganz verpennt. Der Kater hat ein Katerfrühstück auf der untersten Treppenstufe stehen und wird getragen wie Columbos Basset, weil man ja nicht weeß im Vorhinein, wo die Emily sich gerade aufhält. Sie sind sich nicht grün. Die Katze ist erst ein paar Monate hier. Mittags ging der Strom in die Binsen. Die Schleswag gibt es nicht mehr, die Stromkonzerne haben sich neu zusammengerottet, wir beziehen nun von e.on den Strom. Maurice geht in die Eider. Igittegit! Von wem hat er das bloß. Andererseits: er ist halt ein Fisch. Ich bin ein Widdertrampel. Nach einer Stunde ist ooch der Strom wieder in die Dose gewesen. Können wir kochen. Es regnet und ist sehr gemütlich in einem Haus mit Strom und allen Schikanen.

4. Septembrius 2003, Donner

Ein kleines Hoch gluckt über uns, schöne trockene laue Luft. Ich hab von Konstanza geträumt – wann war es denn, dass ich dort ankam? Mit Verspätung, weil die Schriftverstellerbande mir meine Reisepapiere aus Bosheit zu spät ausgehändigt hatte. Es könnte 1964 gewesen sein. Meine Dolmetscherin Aida brachte mich und zwei alte österreichische Zausel von Bukarest nach Konstanza, wo die übrigen Eingeladenen schon waren. Auch meine Landsleute, 50% Stasispione. Ihre Nachrichten über meine werthe Person hab ich Jahre später gelesen. Unerhört! Ich saß nie bei denen am Tisch, immer mit dem Finnen oder den Italjänern unterwegs, und wenn wir die Russen trafen, hätten wir »gawarit Maskwa« stets gerufen. Ich war namentlich eingeladen, die anderen von der DDR-Delegation nur stückweis. Schon deshalb waren sie sauer, bekam ich meine sog. Reiseunterlagen mit Verspätung. Also ich träumte vom Schwarzen Meer. Das kam mir in meiner Schwimmfaulheit entgegen in all seiner Salzigkeit. Ich legte mir obendruff und alles war fesch.

5. Septembrius 2003, Frei

Ich muss meine Absage nach Badenweiler loslassen. Aus Gründen des Alters, oder hab ich einen Bandscheibenvorfall? Man soll den Teufel nicht an die Wand haun. Nun wird es richtig preiswert für den Veranstalter, einen Vorsitzenden der Anton-Tschechow-Gesellschaft, welcher von Anfang an nur über die Kosten klagte und immer wieder versuchte, das Honorar zu drücken. Also eine gute Nachricht for him. Maurizio war mit dem Kajak die Sorge entlang. Hätte Haubentaucher und die gemeine Stockente getroffen. Ich bin bis zum Reiherbaum geloofen. Weidenröschen und Kiebitzketten, herrliche Wolken.

6. Septembrius 2003, Sams

Die kleine Katze hat sich in den Garten gestürzt. Der schon durchsichtiger ist. Die Kühe verteilen sich gerade. Die alten Zausel da in Konstanza, die mit dem Dampfschiff auf der Donau angelangt waren, was mich als Ghettobewohner mit nur zeitweiligem Ausgang sehr interessierte, bei denen handelte es sich um Pensionisten, ehemalige Lehrer. Wilhelm Szabo der eine Nam, den anderen hab ich vergessen. Sie brachten mir immer auf die Nacht ihre Gedichte zu meinem Zimmer, so dass ich Mühe hatte, die Herren vor der Türe zu lassen. Andererseits waren sie herrlich österreichisch altmodisch höflich, mit küss die Hand vielmal, was mir exotisch vorkam, als ich aus mein DDR-Pflanzenreich angereist war. Später sind sie mir etwas entglitten auf der wochenlangen Reise, es gab ja bestimmt über fünfzig eingeladene Schriftsteller und ich war eher mit Gleichaltrigen befasst. Aber am ersten Abend ging ich mit denen Österreichern und ein paar rumänischen Kollegen in eine Bar, wo es so etwas wie table-dancing gab, und nackte goldbronzierte Knaben führten anmutige Ringkämpfe auf, ich fand alles herrlich absurd und habe Tränen gelacht. Flirrendes Herbstlicht heraußen. Die winkenden Äste rings ums Haus. Eine tiefliegende Sonne schmeißt Strahlenbündel hindurch.

8. Septembrius 2003, Mont

Bin erst gegen 10 Uhr uffgestanden, hatte die halbe Nacht gelesen. Das ist nicht zu verwerfen, weil ich eine Pensionistin selbst bin, und ich darf in Ruhe vertrotteln. Es gibt eine ganze Menge Plunder, was denen hartgesottenen Normalos von denen Psychologen, welchen oftmals ein Schräubchen samt Flügelmutter fehlt, so dringlich eingeredet wird. Darunter fallen all diese herrlichen Märchen der multiplen Persönlichkeiten, ausgestanzt von amerikanischen Analytikern. Von Rückführungen und Familienaufstellungen ganz zu schweigen. Ja, ich kann mir einen Erzählstil denken, der mit WIR operiert. Kein Pluralis majestatis, ganz gewiss nicht, sondern ein verallgemeinernder Plural. A bisserl Gleichmacherei, was natürlich Vor- und Nachteile hat, aber auch meint, alles ist bei allen unter bestimmten Umständen möglich, einschließlich Mord und Totschlag. Hab ich oftmals verwendet, wann ich den ganzen Hausstand hier hinter mir einschloss, Menschen, Tiere, Sensationen. Hat es immer gegeben, in meinen Cahiers. Die reine Wahrheit. Die Panikforscher sind heute Abend im Westfalenstadion Dortmund zugegen, die Menschenströme zu studieren, besonders, wenn das Stadion wieder verlassen wird. Es wird wie ein physikalisches Experiment betrachtet. Auch die Rolle des Alkohols darf nicht vergessen werden. Wie breit muss der Ausgang für besoffene Fans sein. Wie beim Drängeln Riesenkräfte entstehn.

11. Septembrius 2003, Donner

Und Vollmond. Hinter den Wolken. Die Deutschen haben leider gewonnen, 2 zu 1. Was sind wir für Patrioten! Moritz hatte die schottische Fahne mit dem aufrechten Löwen am Bücherregal ausgebreitet. Gestern tauchte ein Video von Bin Laden auf, er wanderte so im Gebürge herum mit einem Getreuen, sieht nimmer so krank aus und sprach über den neuen Ort, den Irak für den Terror. Außerdem wurde die schwedische Außenministerin in einem Kaufhaus niedergestochen und gefährlich verletzt. Sie schaute sich ohne Leibwächter Herbstkostüme an. Wurde mehrfach operiert. Dann ist noch der zweite Jahrestag von Ground Zero. 9 Uhr 30 heißt es, dass die schwedische Außenministerin tot ist. Riesengetöse in New York, es werden alle 3000 Namen verlesen. Könnten sie die der toten Iraker anschließen, die sie im Gegenzug weggebombt haben. Die wurden nicht mal gezählt. Die israelische Armee hat heute 17 Häuser in Ramallah zerstört. Es wurde der Beschluss gefasst, Arafat auszuweisen. Daraufhin machten sich Hunderte junger Männer auf, sein Schutzschild zu sein.
Dunkele reale Wolken niedrigster Art über Schließlich-Holzbein. Schauer werden vermutet.

12. September 2003, Freitag

Weiße Nebel sind ausgebreitet. Gestapelt. Die junge Katze, die hier alles zum ersten Mal sieht, sie stand auf der Küchentreppe und witterte lange hinein. Kam mit der Post eine herrliche sog. Kargohose, wie sie modern ist. Vermoderte Jeans mit Blasebalgtaschen über die Knie. Herrlicher Tand. Ne Friedensrune und etliche Pailletten sind ebenfalls druff. Ganz zu Anfang hießen die Jeans Genueser Hosen. Aber das Schlimmste: Johnny Cash is dood bleeven.

13. Septembrius 2003, Sams

Dicker Nebul mit der Krone, dem Höchsten Berg (42 m) schwebend darüber. Die zierliche Katze gleich 6 Uhr 30 rin in den Garten. Ein paar rosa Wölkchen erscheinen. Eine Kuh schwebt aus dem Nebel. Der weiße Bussard kommt vorüber. Ich höre seit einer Woche Domenico Scarlatti. Ich habe das gesamte Klavierwerk, es kommt nimmer runter von meinem Player. 555 Sonaten. Die 30. Nummer ist La Fugue du Chat, der Meister hätte uffgeschrieben, wie seine Katze über die Tasten da lief. Unsere Emily aber, sie war kaum rinzukriegen am Abend, als es längst dunkel war. Wir haben mit den Glocken geläutet, die in der Platane hängen. Sie war vom Abendtau völlig nass um Bauch und Beene, hatte viel zu erzählen.

14. Septembrius 2003, Sonn

Nebul und noch dazu Vollmond. Ich bin vor das Haus getreten 3 Uhr 13, herrlich ist es gewesen. Der Liriodendron rauschte mit seinen hochgoldenen Blättern. Am Morgen hab ich des Gioacchinos neuestes Buch fertig gelesen. Sehr schön der Erzählton, den er gewonnen hat. Bombenalarm auf dem Flugplatz von Düssel. Alles lahmgelegt am letzten Ferientag von Nordrhein-Westfalen. So geht es in Schnützleputzhäusle.

15. Septembrius 2003, Mont

Die Kühe tappern in den Nebel, die Emily ist schon drin, ich sehe über alles hinweg bis nach Spitzbergen selbstverständlich. Die Schweden haben gegen den Euro abgestimmt, behalten ihre Krönchen. Aus irgendwelchen festgeschriebenen Gründen kann erst wieder in 16 Jahren darüber abgestimmt werden. Der Blaue Maurizio er ist mit dem Radel unterwegs, trainieren dass er in Luxembourg gut vorankömmt. Dann retournierte er. Koch, was kochst du? Hab ich gesagt. Er kocht einen Reichstopf hat er gesacht. Fängt gleich an. Was gibt es in Büchermarkt? Joyce Carol Oates. Das hat mir nie interessiert. Sie kann die Dinte nicht halten. Hat man ein Buch gelesen, kennt man sie alle. Manchmal schreibt sie zwei Rohmane in einem Jahr. Der Berliner kennt keenen Akkusativ.

16. Septembrius 2003, Dienst

Dichter Nebul ringsum. Da fahren sie sich auf den Chausseen zu Tode. Immer im ersten Nebel des Herbstes. Als hätten sie nie dergleichen erlebt. Der Mensch ist erstaunlich, kein Pessimist. Die kleene Katze ist rollig und weiß nicht was los ist. Das überstehen wir, sie darf nur nicht abhaun. Der Hurrikan Isabel, ein ganz kompaktes Vieh, wird in North Carolina erwartet. Und morgen reist Maurice in die Luxusburg. In bunten Wäldern gelegen. Mein Schreibzimmer ist im Momang wunderschön, Purpurlaub über den Fenstern. Ich steck in einem Turm über den Dingen und kann mir die schon etwas dünner belaubten Espen je nach Laune mit roten oder blauen Aras besetzen. Muss nur den Schlangenblick machen mit fast geschlossene Augen. Ach ist es schön! Und dann les ich, was Anita Albus über Malerei erinnert, wie die Farben hergestellt wurden von denen alten Holländern gar. Die Grüns zum Beispiel, vom Farbtyp »Gänsescheißengrün« in den verschiedenen Sprachen. Wie die Farben verlorengingen. Die reine Alchemie isses gewesen. Doppelte Lichtbrechung bei gemahlenen Kristallen, dass Marienglas notwendig war und so weiter, und so weiter. Dazu hör ich immer noch Beethoven, nun die Klavierkonzerte. Tagelang ein Stück immer wieder, und ich frag mir, ob die Empfindungen bei dieser Musik sich wandeln im Lauf meines Lebens oder sich fortwährend ähnlich sind. Letzteres. Bald kann ich mir morgens eine Kerze anzünden. Räucherstäbchen gibt es ja schon. Die sommerlichen Zerstreuungen sind abgeschlossen. In der Post war der 2. Band der Saarikoski-Biographie von Pekka Tarkka, der mich ja mal besucht und befragt hat. Der anscheinend ein etwas blöder Mensch ist. Im Buch war auch das Fotul von Pentti und mir am Staudamm in Rumänien. Mein schöner Nam ist dauernd gedruckt, aber bei dieser wunderlichen Sprache kann man kaum was erraten. 1983 ist Pentti schon dood bleeven. 37 geboren. Die wärmsten Jacken sind die Konjacken, hat er gesagt.

17. Septembrius 2003, Mittwoch

Um sechs erhebt sich die Hex. Ihr Baby verreist ja. Ruht aber noch friedlich. Um neun verlassen wir das Haus. Am Gartentor eine große Herde von Schaf-Egerlingen, was ja gute Speisepilze wären, aber wir essen sie doch lieber nicht. Keene Garantie. Ich werd Dorothea nach diesen herrlichen Dingern fragen. Und ich esse sie, und wenn Maurice retourniert ist er ein Waisenkind. Habe ihn an den Zug gebracht bei allerschönstem Herbstwetter. Mussten uns im Garten durch die Spinnenfäden schlagen. Ich war in Heidi beim Optiker umb eine neue Brille mal wieder. Es war sehr voll. Die Menschen ließen sich aus Furcht vor der Gesundheitsreform schnell alle möglichen Brillen verpassen. Maurizio rief von Kölle an. Nun stieg er in den Zug bis Luxembourg. Grenzübergang Igel, dann Wasserbillig. Hatte mich seinerzeit auch über die herrlichen Namen gefreut. Wenn ich aufblicke von meinem Journaler in dem ich hier schreib, mitunter schneit es ja Federn mein Fenster entlang. Das macht es hat der Falk seinen Fressplatz über mir auf dem First.

18. September 2003, Donner

Schön war gestern Autofahren mit Schnabelschuhen. Merkwürdig. Ich hab ein Paar orientalische Samtdinger, die ich als Hausschuhe trage, die hatte ich gestern an. Die Hinfahrt nach H. machte Maurizius, retour ich mit den hervorragenden Dingern. Die Schuhe von gestern, über die ich heute lache. Jetzt hab ich die Katzen gefüttert, die uralte Uhr aufgezogen und lese »Deutliche Worte« von Nabokov. Sehr deutliche Worte. Uffsätze, Interviews (immer nur schriftlich) und Leserpost. Ich habe mir gestern »Madame Rochas« gekauft, das Parfüm, das ich in Bukarest hatte. Ganz nett, aber es gibt Verrückteres heutzutage. Duftet nach Honig und Blumen. Starker Westwind am Nachmittag. Es riecht nach Meer. Die Schwalben versammeln sich irgendwo, hier seh ich nur ab und zu mal eine oder zwei. Das ist der Lauf der roten Katze. Abends, als der Kater schon drin war, die Emily mit den Kuhglocken herbeigeläutet. Hört sie meilenweit. Und wenn sie will, kommt sie herbei. Über sieben Gräben muss sie gehn.

19. Septembrius 2003, Freitach

Der Hurrikan in den USA wurde zu einem Tropensturm heruntergestuft. Die Stromversorgung hat er geschafft. 9 Tote. Heute ist in Stockholm die Beerdigung. Darnach soll gesagt werden, ob die DNA auf Messer und Kappe mit der des möglichen Täters übereinstimmt. Es ist in diesem Jahr der zwanzigste Todestag von Pentti, deshalb gibt es wohl auch diese Biographie. Ich aber hab fast immer an seinen Geburtstag (2. Sept.) gedacht, weil haargenau zu der Zeit die Herbstzeitlosen vor der Treppe erblühen. Dort wo Maurice ist, ist es anscheinend richtig warm, 28 Grad. Jetzt kurz vor zehn sitzt er ganz verschlafen an seinem Frühstückstisch, liest die Letzeburg-Zeitung. Französisch, deutsch, portugiesisch – alles nebeneinander. Heute ist es wundersam wolkig. Weiße Luft. Als ob du durch Milch gehst. Gefällt mir sehr. Hab die kleene Katze mit der Kuhglocke rinjebimmelt, sie kam sehr erfreut. Atzte sich. Die Rolligkeit ist überstanden. Weiß sie wieder was die Glocke geschlagen hat. Dieses nette zutrauliche Wesen. Nun auf meinem Sofa angelehnt an das Elefantenkissen, was aus Indien ist. Regen zieht heran, eine knallschwarze Wolkenwand von Südwesten. Keene Schwalbe zu sehen. Sie sind fortgezogen. Die Fitisse und die anderen Laubsängerchen auch. Sie fliegen über die Sahara wohl schon. Ich drücke ihnen die Daumen.

20. Septembrius 2003, Samstag

Der Regen ist verflogen. Hier nicht niedergekommen. Maurice rief aus der Luxusburg an, alles bestens, brach gerade auf in die Kasematten. Sehr feines Wetter, 30 Grad gestern. Ich ging einmal bis zum Reiherbaum. Große gemischte Schwärme von Brachvögeln, Kiebitzen und ein paar Stare druntergeworfen. Sie grasten und flogen zusammen. Ooch über mir hin. Die Gräben sind teils ausgehoben und seltsam leer, teils randvoller Zweizahn. Was ist das for ein ellenlanger Sommer! Ich wollte es regnete wie im Kino. Langsam rötet sich der Wilde der Wein. Die kleene Katze hat sich sofort rinläuten lassen. Dann haben wir noch gespielt. Überfälle auf meine Zehen. Papierkügelchen unter der Bibliotheksleiter.

21. Septembrius 2003, Sonn

In meinem Studier- und Schreibzimmer ist es schön warm. Keine einzige Schwalbe tobt um mein Haus, keine einzige Schwalbe. Aber weit können sie noch nicht sein. In die ich mich verliebe, verliebte, es müssen solche sein, mit denen ich stundenlang über Literatur, Kunst, sprechen kann, was könnten wir uns sonst erzählen. Also, die sind nicht immer mein Typ vom Äußeren her. Doch die Gespräche, die sint das Schoinste! auf der Wölt. Und ich setze denen noch Edelsteinaugen ein selbstverständlich, arbeite immer an ihnen. Die aber, die mir körperlich umhaun, denen ich verfallen könnte, ja das sind welche, die ich gar nicht unbedingt hochschätzen kann. Dafor hab ich Belege gesammelt. Oh du mein holder Abendstern.

22. Septembrius 2003, Montauk

Die CSU in Bayern hat eine Zweidrittelmehrheit erreicht. Die hatten Tracht an und Jägerkapellenblusen. Heute der letzte Sommertach. Emily hat mir eine große platte (nun!) Röthelmaus auf den Fußabstreifer gelegt. Mit dem Rücken nach oben. War ein Loch im Pelz und roter Tod. Dann hat der Tonsetzer angerufen. Er hat mit seinen kanadischen Freunden die ganze Oper »Johannes auf Patmos« als Video rekonstruiert. Die Tonfassung war mit dem Computer zu verbessern, sie haben den gesamten Apokalypsentext noch drübergeschrieben und allet im Kino uffjeführt. Einen Auftrag hat er for den Bayerischen Rundfunk, wo er doch eigentlich für reale Instrumente gar nimmer hat schreiben wollen. Und notieren ooch bloß in seiner selbsterfundenen logischen Art mit 2000 Vorzeichen und so weiter. Ich hab gesagt, das wär ein Auftrag vom Großen Manitu, den er annehmen soll, und es for die depperten Musiker nicht so schwer machen. Ähnliches hätt er ooch schon gedacht.

23. Septembrius 2003, Dienst

Herbstanfang, und so sieht es auch aus. Doch mit remontierenden Rosen. Ich hab Nabokov gelesen, er sagt, dass er kein Organ, kein Interesse für Musik hat. Mein ganzes Mitleid für ihn posthum. Es hat wieder zu regnen begonnen, und ich frage mich, wo ist eigentlich die Katze? Im Ostsalon auf dem dunklen französischen Kissen. Ich bin nun in mein Proust-Buch. Das ist sehr anregend, denn es fällt einem ooch immer wat in aus der eigenen Kindheit. Wie die verschiedenen Menschen auf einen wirkten. Ich lebte zwar in keiner herrlichen Villa, aber das große Haus des Großvaters mit seinen 13 Familien war molto interessante. Konnte ich alle Varietäten schon lernen. Und was der Meister so schreibt über den Garten, dass die Rosen abgestützt wurden, die Großmutter die Stäbe jedoch entfernte, damit die Blumen ein freieres Aussehen gewännen, das interessiert mich über die Maße. So lese ich wieder in mehreren Büchern gleichzeitig und hab die Laterna magica in mein Kopp angeworfen. Am Nachmittag Sonne. Sturmböen. In Dänemark und Südschweden musste ein Atomkraftwerk abgeschaltet werden, fiel gänzlich der Strom aus. Die Netze sind wohl uralt. Die Züge blieben stehen, die Öresundbrücke musste gesperrt werden da in der Mitte Züge versammelt waren etc.

24. Septembrius 2003, Mittwoch

Der Kater gesträubt wie der Halleysche Komet geht auf dem ausgetretenen Katzenmeridian ums Haus. Abwechselnd rechts- oder linksherum. Die eloquente sehr junge Katze weicht ihm lieber aus. Gestern Abend wollte sie nicht hereinkommen, sprang noch einmal weit in den Garten. Dann war es plötzlich dunkel, der Wind rauschte, und Regen setzte ein. Ich machte bloß die Küchentür uff, da trat die Emily redend herein. Was die mir alles verwundert erzählt! Es ist stets so als würde sie mir Erlebnisse mitteilen, und das tut sie auch. Gestern war sie die reinste Regenkatze, sie hatte nasse Beene und einen nassen Bauch und musste sich sehr lange putzen. Auch dabei erzählte sie lange Passagen was sie allet gesehn hat. Ich befinde mich in meinem herrlichen weinlaubumrankten Schreibzimmer wieder, an den Herrn Proust völlig gefesselt. Der macht sich über den dritten Stand dermaßen lustig, dass ich wie meine Katze Luft ausstoßen muss, wann ich an diese Stellen gerate. Über die Köchin seiner Tante und deren unbestechlichen Kodex gegenüber Dingen, die man entweder tun oder nicht tun konnte.

25. September 2003, Donner

Und diese Katzen, trotz eifriger Behaarung, sind sie eines wechselnden Gesichtsausdrucks fähig. Als die Emily hier ganz neu war, die ersten 14 Tage nur im Haus und nahezu unterirdisch lebte, sich von mir mit weit ausgefahrenem Arm unter dem Sekretär erst streicheln ließ, dann Zimmer für Zimmer in Augenschein nahm, da kam sie eines Tages ins Bad, wo ich im Wasser saß. Sie stand auf den Hinterbeinen, die Vorderpfoten auf dem Wannenrand und schaute mich lange fassungslos, ungläubig aber auch angewidert an. Ähnlich, aber noch erstaunter hatten die ganz jungen Lämmer geblickt, als Maurice zum ersten Mal im Jahr in die Eider ging.

26. Septembrius 2003, Frei

Es gibt verschiedene Zeiten. Mitunter zieh ich mich wie ein Regenwurm durch mein Substrat, fresse mich durch die gesamte ältere und moderne Poesie Band für Band, wie sie in meinen Regalen sich da befinden, besorge Fehlendes, vorn rin hinten raus, könnte man sagen weil es anregend ist. Dann gibt es Zeiten der Amouren, die ebenfalls produktiv sind. Ein Auserwählter wird kostbar gemacht, ich stelle mich dumm. Zeiten vegetativen Seins folgen zur Erholung, zur Erfrischung. Leb ich gern wo ich grad wohne, mit ein paar schönen Gegenständen, die mich lange begleiten, eher Raritäten als wirkliche Kostbarkeiten, ein paar edele Tassen und Leuchters, naja herrliche Bücher, von zwei bis drei kostbaren Teppichen mal abgesehen. Da gibt es lange Spaziergänge in der herrlichen Landschaft, am abgetretenen Rand des Teppichs, wo man das Muster am besten erkennt, am liebsten in der Einsamkeit, wo ich allerlei Schritte höre, oder ich hab TV-Unternehmungen durch die ganze Welt, auf manche Filme trifft man immer wieder, zum Beispiel Maria Reiche, die Archäologin, die in der Wüste die Felsbilder, die Nasca-Linien abfegt, ich glaube in Peru, oder ich treffe die Tuareg mit ihren wunderbaren Kamelen, alles kann ich finden, aber auch den Brechreiz der Talkshows, will ja wenigstens ahnen, wie 70 Prozent meiner Mitbürger sich durch die Zeiten bewegen und niemals erwachen. Wie alles an denen abprallt. Zum 250. Geburtstag von Göthen, als es wirklich ein ganzes Jahr um den Geheimrat ging, fast täglich uff allen Kanälen, im Radio, in den Zeitungen, und dann machen sie in Weimar eine Straßenumfrage, fragen wer das wohl war, nie jehört, keene Ahnung,vielleicht ein Rapper? Da amüsier ich mir und hab nahezu ne Hochachtung for so viel Dickfelligkeit. Prousterey schon am Morgen. Hab wieder die herrliche Stelle gefunden, wo es über den Kirchturm von St. Hilaire geht, den halbzerfallenen, mit denen Raben, die der Turm in regelmäßigen Intervallen entlässt, wie sie fliegen und später wieder eingesaugt werden, als wäre das erst abstoßende Gebäude glückverheißend geworden. Ist noch mein Kringel von dunnemals am Rand und ein Öhrchen geknickt.

27. Septembrius 2003, Samstag

Hohe Berge, hohe Berge! Gleich hinter der Geest türmen sie sich auf, die Gipfel verschneit. Der wilde Wein wird immer röter, mein Lieblingsbaum der goldene Liriodendron steht in seiner voreiszeitlichen Schönheit. Bäume sind das beste am Alter, sie werden von Jahr zu schöner. Alle, die ich gepflanzt hab. Nah am Herzen sind mir die schwedischen Vogelbeeren, die Platane, der Trompetenbaum. Die Eiben befinden sich in diesem Jahr randvoller Beeren, sieht fesch aus, ein großes fleischiges Roth. Neben den Schreibzeiten gibt es den Abschnitt großer Spaziergänge, mitunter Tag für Tag und bis in die Geest. Oder zu den Torfstichen hin in resoluter gerader Haltung. Oder bis Königsfähre, dort kenne ich einen Hund, der Carlos heißt. Dem verboten ist, mir entgegen zu springen. Mitunter tut er es doch und niemand sieht es. Was Nabokov so raushaut: »... trotzdem möchte ich hier wiederholen, dass ich niemanden verabscheue, ausgenommen vier Doktoren: Doktor Freud, Doktor Schiwago, Doktor Schweizer und Doktor Castro ...« Und itzo geh ich spazoren im klingenden Wind mit ein dünnes Jackerl. Und lache immer noch über die vier Doktoren.

28. Septembrius 2003, Sonntag

Die erstochene schwedische Außenministerin ist das uneheliche Kind von Olof Palme, das wüsste in Schweden jeder. Noch einmal ein Sonntag for Maurice in der Luxusburg. Am Mistwoch kömmt er retour. Die Eider dampft wie verrückt. Ich lese wieder in mehreren Büchern. Dabei hör ich seit ein paar Tagen orientalischen Blues, Sänger die in Obertönen hängen bleiben. Das bringt die Schreiberin in Trance, darin ist sie gerne, selbst noch beim Lesen. Morgenländische Praktiken, die man als Kind getestet hat. Ich verlagerte die Stimm und modulierte die Töne, ich nannte es den Holzwurm. Wie'n Derwisch drehte ich mich sowieso außerordentlich gerne. Es ging soweit, dass ich nimmer schwindelig wurde, ooch die damals schnellsten Karussells prachtvoll aushalten konnte. Die Dreherei war besonders schön, wenn ich einen weiten Rock trug, dies war ne Maschine, die alles anschmiss.

29. Septembrius 2003, Montauk

Heute wimmeln die Singvögel übermütig herum, scherzend! könnte man sagen. Vielleicht sind die vielen Holunderbeeren alkoholisch oder sie aßen von gärende Birnen. Einen wunderbaren Filmur über die Oase von Siwa gesehen, von ihrem Orakel seit Alexander dem Großen. Ooch wie Herr Rommel dort war und die Wehrmacht in der Sonnenquelle herumsprang. Die große Sandsee, die Libysche Wüste in erhabener Schönheit. Es ging über den Wüstenforscher Hornemann aus Hildesheim, der mit einer Karawane gereist ist. Ich hab auch ein paar Wüsten auf meiner Festplatte. In der alten und in der neuen Welt.

30. Septembrius 2003, ein Dienstag

Heute bin ich um fünf aufgestanden. Bibelschwarze Nacht, keine Straßenbeleuchtung, alles wie zu den Tielenhemmer Entdeckungszeiten. Das ist lange her, und es war eine makrelenfarbige Katze dabei, der Schildkrott und der Kanarienvogel von Lisa. 3 Grad und dichter Nebel. So war es gestern Abend auch schon, mit den herrlichen bäuerlichen Gerüchen. Nach Rauch und Stall. Habe Post gemacht, dann kam die Emily rin als Nebelparder. Musste sich lange putzen. Mir geht es Glenn Gould. Die Klaviersonaten von Mozart – hör ich rauf und runter. Drei Bücher durcheinander gelesen, mit Glenn Gould im Hintergrund. Das ist das Glück! Ab und zu den Blick aus dem Fenster schweifen lassen, wo die Laubsänger in der Glyzinie hüpfen, es gibt Taufliegen für sie in reichlicher Zahl. Und nun geh ich spazoren gerade durch zu den Azoren.

1. Octopus 2003, Mittwoch

Spazores sind auf jiddisch die Sorgen. Ich geh also Sorgen verlieren könnte man sagen. Der Teller aber auf dem wir hier sitzen, heute ist er sehr groß. Den Rand bilden die Geest, der baumgefiederte Deich. Heute wird das Baby retournieren, das kleene Waldland wieder verlassen. Nach Norden den Rhein entlang den er wahrscheinlich nicht sieht, der Pegelstand ist bei sechzig Zentimeter itzt angekommen. Ich habe von Teppichen geträumt. Sehr schönen selbstverständlich, nicht irgendwelche Lappen. Aber wie es im Traum so geht, eine Ecke war kapores. Ich hab auf dem Boden noch einen Kelim, hab ich gedacht, den leg ich über die Ecke. Die Katze ist im Nebel verschwunden. Sechs Uhr war sie draußen. Zehn Uhr hat mein Baby vom Bahnhof Luxusburg angerufen. Dort regnet es. Hier scheint der Sunn durch Schleierwölkchen, und das Emelchen will unbedingt auf meinem Schreibtischsessel sitzen. Die Winzlinge, die schlitzäugigen Laubsängerchen steigen in der Glyzinie umher nach denen Drosophila-Häppchen. Noch etwas klamm von Kühle und Nebel, sehr günstig im Angebot.

2. Octopus 2003, Donnerstag

Das letzeburgische Wasserbaby ist eingetroffen. Vor Hamburg entstand noch eine Verspätung. Mit Wein und Schinken kam er hier an, allet war herrlich. Besonders in den Ardennen. Und ich hab einen schönen Taschenkalender mit Tim und Struppi bekommen, da freu ich mich sehr. Morgen ist Feiertach, Tach der Einheit – ein religiöser Gedenktach offensichtlich. Ein Einfältigkeitsfest denke ich mal.

3. Octopus 2003, Freitag

Aber Feiertag wie gesagt. Gestern bei arte ein Film über und mit Nabokov. Mit den Ruinen der Häuser seiner Familie. Die etwas später auch noch abgebrannt sind. Der Sohn der über seine Eltern erzählte, wie herrlich die mit ihm umgegangen sind an allen möglichen Orten. Die Katze kam am Mittag wieder als Nebelparder herein. Maurice mäht noch einmal ein paar Straßen für sie, dass sie keenen nassen Bauch kriegt. Später machen wir uns einen Reistopp, Reichstopp wie es hier heißt. Und darnach haben wir wie im vorigen Jahr zum Tag der Deutschen Einheit den einzig passenden Film gesehen: von Billy Wilder »Eins Zwei Drei«! Das ist einer der besten Filme der Welt! Im Kalten Krieg noch gedreht, so lustig so traurig in mehreren Sprachen. Nächstes Jahr wieder.

4. Octopus 2003, Samstag

Die ganze Nacht Regen. Die Katze wusste Bescheid und ging nicht raus. Beschwerte sich aber. Der Liriodendron entlaubet sich sacht. Die Aussicht aus meinem Schreibzimmerfenster zum Höchsten Berg nach Pahlen hin, sie ist ganz neu und durch das Kürzen der Weide am Carport entstanden. Der Koch ist Einholen gefahren. Es regnet ihm in den Korb. Er will luxembourgische Lensebulli kochen. In Haifa ein Anschlag in einem Café. Ein Tag vor Jom Kippur und 10 Tote. Die israelische Armee hat fortwährend Häuser im Gazastreifen zerstört und Leute festgenommen oder beschossen. Und so schreibe ich meine Chaostheorie weiter.

5. Octopus 2003, Sonntag

Habe mit Emily aufgeräumt, mein Bettzeug in die Truhe getan, Klamotten in die Schränke gehängt, Geschirr eingeweicht etc. Sie ist eine große Hilfe! Mal im Schrank, mal in der Truhe. An Lisa gedacht, die solche Katzenhilfe ooch sehr genießen konnte. Mit Minchen, Frau Katze und Rosa. Es ist einfach hübsch mit diesen Geschöpfen! Zwischendurch spielt man mit denen, an jedem Bettzipfel hängen sie. Die kleenen Laubsänger, die 10 Grammgewichte, sie scheinen abgezogen zu sein, jedenfalls stiebeln sie seit ein paar Tagen nimmer uff denen Wendeltreppen der Glyzinie herum. Dafür Blaumeisen und Zaunkönige. Jetzt hat die israelische Armee als Vergeltung ein Flüchtlingslager von Palästinensern in Syrien angegriffen.

6. Octopus 2003, Mohntag

Regen und Sturm, geschecter Himmel. Allet zappenduster, sacht der Berliner. Ich habe stundenlang gelesen, Django Reinhardt drübergelegt, und die Katze auf dem Sofa hat ab und zu etwas gesagt, was eingeworfen, wenn der Regen stärker ward. Sehr hübsch ist es in diesem braven Haus. Kamen auch noch die »Akzente« mit neuer Literatur aus Russland, dem Thema der Buchmesse in diesem Jahr. Aber Rap statt Gedichte, all diese Irrtümer, fast das ganze Heft war lediglich Mist. Ein Übersetzer hatte das gesammelt, aber keene Ahnung gehabt. Es regnet den ganzen Tag, und die Toilette ist kapores, son Schitt! rufe ich aus wenn nix fließt. Wir haben ja noch das Schulklo, aber da ist es kalt und es gibt kein Licht, also ich muss dem Meister Peters ne Einladung machen. So schaut es aus!

7. Octopus 2003, Dienst

Hab die Klempner schon herbeigeredet, 8 Uhr standen sie vor der Tür. Es war ein Tag von geradezu entsetzlicher Schönheit. Es geht durch die Eingeweide des Hauses, und hört sich gruselig an. Anscheinend ist ein Rohr gebrochen, alles mal uffgraben »eines Tages«. Für heute ist aber erst mal der Frieden gerettet. Die Sonne scheint innerhalb schwarzer, grauer und weißer Wolkenmauern. Der herrliche rote wilde Wein wird schon zerruppt. Bildet den Gartenteppich mit den silbernen Blättern der Silberpappel, den gelben der Linden und Ulmen. Die schönsten Formen trägt später der Liriodendron bei. Seine Blätter sind noch an den Ästen. Kleine tiefere weiße Wolken erscheinen auf den knallschwarzen leeren Ästen der Pappeln. Mit der Post kam »Zwölf Nächte« von Gerlind Reinshagen, wir hatten Bücher getauscht. Sofort gelesen. Sehr schön ist es, mit Vokabeln aus der Kindheit. »Belfis Eisdiele« zum Beispiel. Die Kinder sie tragen Teufelsmützen. Hatte ich auch, eine blaue. Die Pfauenschreie vom Gut Spiegelsberge hörte ich wieder. Es gießt und ein Sturm ist vorhanden, kann ich wunderbar lesen.

9. Octopus 2003, Donner

Meine Katze als Regenkatze ist schon wieder rinjeweht, redend über das was draußen alles los ist. Viel zu lauter Wind, sie hörte keene Maus und so weiter. Nun kam mit der Post was ich bestellt hatte »Ein Tag im Jahr« von der Frau Lupus. Da hat sie jedes Jahr einen ewigen Zeitraum lang am 27. September uffgeschrieben, was sich so zutrug, und ihre Gedanken darüber. Stellt sich heraus, dass alles auf einem Aufruf der Iswestija beruhte, der 1960 aufs Tapet kam. War eine Idee von Gorkij von 1935, die damals nicht zu verwirklichen war. Frau Lupus ist sehr gewissenhaft, die Jahre 1960 bis 2000 liegen nun vor, 650 Seiten. Ich will alles mal lesen und schaun, ob das ein Automobil der Erinnerung ist und was mir so einfällt.

10. Octopus 2003, Freitag

Ja es fällt mir mancherlei ein. Es beginnt 1960 in Halle, da wohnte ich in der Rathausstraße, und an den grünen oder gelbgrünen Trabant der Wolfs kann ich mir jut erinnern. Also det jeht durch die Jahre, und ich komme ab und zu ebenfalls vor, »weshalb empfindet die Sarah sich eingesperrt, was will sie denn, sie liegt immer auf ihrem Sofa und wartet auf Post«. Also ich sach mir die hat sie nicht alle, und solche Volkshochschulbetrachtungen über allet, was es so giebt. Fürchterlich kleinkariert, man wird ganz dämlich im Köppi, sieht aber, wie sie sich alles zurechtbaut. Walter Kaufmann kommt vor, der in Kleinmachnow neben ihnen wohnt, wie sie sich treffen und wat er so sacht, und das hat sie im realen Leben, wovon aber nicht die Rede ist, bei der Stasi berichten sollen. Weil der in der Emigration in Australien war galt er als unzuverlässig. Alles ist eine prima Vernebelung.

11. Octopus 2003, Sams

Weg mit dem fürchterlichen Buch. Sehr viel Wahnhaftes steckt drin, sie ist mit sich selbst bestraft kommt es mir vor. Schön ist zum Beispiel die Stelle, wo sie in Drispeth mit Carola überlegt, ob der arme Werner Lindemann der Spitzel für sie ist. Sie hatten keine Spitzel nötig, Carolas Mann erledigte den Rest. Tand! Tand! sagt olle Fontäne. Es sind nur noch Reste vom roten vom wilden Wein an meinem Fenster. Der Wind hat manches Mal um 11 Beaufort. Nun les ich wieder wat Vernünftiges, na klar doch. Bei der Frau Lupus im Tagebuch von 1967 war von mir noch ein Gedichterl, das icke wohl später verloren hab, was aber ganz nett ist. Ich kleb es mal rin:

Rätsel
Zwei weiße Köchinnen
Vier rote Innenhände
Rupfen schwarze Vögel
Wo, Lieber, bist du?
Tsheis sua meniem retsneF
(Siehst aus meinem Fenster)

Es hat etwas mit dem Blick aus der Wohnung in der Rathausstraße Halle zu tun, da wohnten wir im Hinterhaus von Grüns Weinstuben, und im Hof oder auf der Treppe traf man auf das Küchenpersonal, ganz oben unter dem Dach hatten diese Menscher ihre

Umkleideräume. Dorthin haute auch unsere Katze ab, wenn sie entwischen konnte. Gottlob immer nach oben, wo ich sie dann mit dem Lichtkegel der Taschenlampe oder ein Bindfädchen überlisten und einfangen konnte. Die Katze war uns über die Dächer zugelaufen, schwanger natürlich. Sie wurde nur Frau Katze genannt, ein Baby haben wir meiner Mutter geschenkt. Das war das Minchen, was in Halftown im Badezimmer die Wasserorgel gespielt hat, den Schwimmer im Spülkasten artistisch bediente.

14. Octopus 2003, Dienst

Der Prokurist aber von Grüns Weinhandlung, der hat Rainer und mir eines Tages, als unser Telefon kapores ging und die Instandsetzer kamen, freundlicherweise gestochen, dass dieselben direkt von der Stasi waren. Bauten sie uns eine Wanze ein. Hab erst mal Scheiben gekratzt an mein Automobil, damit ich überhaupt vorfahren kann. Die Emily ist mit hereingekommen. Hat mir erzählt, dass es gefroren hat. Sie ooch aber nur eine Kleinigkeit, sie wär ja ne prima haltbare Katze. Ich bin gefahren, beim Glatzenschneider gewesen, hab bestes Katzenfutter erstanden. Retourniert im Sonnenschein. Schöne Atlantikwölkchen am Himmel, kleene fliegende Untertassen. Alle aus einem Nest. Im Tierfutterladen, wo zum Beispül die Hunde sehr gern mit ihren Menschen einkaufen gehen, war diesmal ein sehr großer weißer Schäferhund, er lächelte etwas beschämt, weil er sich so sehr for allet da interessierte. Als ich nach Stunden wiederkam, lag die Katze genauso auf meinem Bett, wie ich sie verlassen hatte.

15. Octopus 2003, Mittwoch

Minus ein Grad und sehr dichter Nebul. Sie haben einen Chineser ins All geschossen die Chineser. Nun überschlagen sie sich. Die Trägerrakete vom Typ Langer Marsch. Ruhm und Ehre. Der Taikonaut ist 38 Jahre alt. Nach dem ersten Nachtfrost fallen die herrlichen roten Weinblätter ab so man sie anschaut. Mittach fahr ich nach Heidi umb meine Augengläser. Im Gazastreifen wurde ein Diplomatenauto mit CIA-Leuten in die Luft gesprengt. Die Brille war noch nicht fertig obwohl ausgemacht war, dass ich in solch einem Fall benachrichtigt werden sollte. Nun schicken sie die. Es rührt aber daher, dass die sog. Menscher glooben, demnächst würden die Krankenkassen zu ihren Brillen nichts mehr zuzahlen, da lassen sie sich schnell noch neue Otschkis verpassen. »Äugelchen« auf russisch.

16. Octopus 2003, Donner

Dicker Rauhreif auf den Koppeln, ooch Nebul wurde verhängt. Ich habe gestern noch den Klee vor dem Erfrieren gerettet, den mit den kleinen Knollen, er muss rein und Winterruhe halten. Gestern war der 30. Todestag der Frau Bachmann, sie zeigten den Franza-Film, eine etwas hysterische Angelegenheit, und hinterher noch olle Ranicki über die Dame. Alles was wir schon siebzigmal hörten, und falsch war es immer noch. Hier schießen eine Menge Enten rings durch die Lüfte. Schweres Fährunglück bei New York, 10 Tote. Die Staten-Island-Fähre ist zerschellt. Wohl zu schnell gewesen. Auf einen Anleger geknallt. Mit solcher Fähre bin ich mit dem Tonsetzer gefahren. Kann mich genau an den Anblick der Stadt erinnern. Der Chineser ist gut gelandet, 21 Stunden war er im All. Vierzehnmal ging es rund. An meinem Schreibzimmerfenster herrscht reger Betrieb. Die Amseln erscheinen pärchenweise, umb die schwarzen Beeren des wilden Weines zu ernten. Das schöne Laub liegt zentnerweise auf der weißen Bank. Hat er sich noch einmal niedergehockt der Herbst und verschnauft sich. Ich höre wieder und wieder und wieder! die türkische Zigeunermusik, mit a bisserl Bauchtanz angereicheret, sehr schön. 17 Uhr war ich spazoren. Da stieg die Kälte bereits aus den Gräben. Hab mich mit den jungen Kühen unterhalten, die hinter dem Reiherbaum mit ihrem

Stier auf der Weide sind. Er stellte sich schützend vor seine Damen. Entzückende Farben, durchsichtiges Licht. Etwas unwirklich wie öfters um diese Zeit. Später die Katze herbeigeklingelt. Sie kam von weit her.

17. Octopus 2003, Frei

Minus 3 Grad am Morgen, Windstille und glückliche Fahrt. Wurde bestes Wetter, aber kühl. Wiederum stundenlang gelesen. Die Prousterey nach wie vor. Zimmerpflanzen umgetopft. Diesmal den Orangenbaum. Habe mir einen Schnuppen geholt. Verfluchte Untat, wie konnte es geschehn. Weil man ohne Jacke im Hemd nach draußen rennt, der Katze zu läuten.

18. Octopus 2003, Samstag

Insektenführer – ein interessanter Beruf. Minus 5 Grad herrschen nun. Die Katze sie will erst einmal nicht raus, sie hat ihr Thermometer im Kopp. Aber lang hat sie sich nicht im Zaum halten können, der Drang nach Freiheit ist sehr groß bei dieser Katze. Sie schritt beherzt in den silbernen Reif. Ich hab bei Herrn Fielmann noch mal Dampf gemacht, wegen dieser Augengläser, dass sie die wirklich schicken. Nun les ich erst a bisserl den Proust. Dann am Nachmittag sah ich den schönen englisch-amerikanischen Jane-Austen-Film, »Sense and Sensibility«. Mit den prachtvollen Hunden und Kaltblutpferden. Diesen Roman hat sie mit zwanzig geschrieben. Alles aus denen Genen. Es gibt sehr herrliche Bücher und Filme auf dieser Welt.

19. Octopus 2003, Sonntag

In der Nacht war der Himmel bedeckt und so sint 5 Grad. Der goldene Herbst ist eingeholt worden und uffgehoben. Im Momang wird alles grau dargestellt. Ich hab geträumt, ich müsse verreisen und besaß keinen Koffer. So schmiss ich ein bisserl Kosmetik in einen Gartenkorb und einen Journaler und zwei Füller. Und machte mich auf den Weg. Bei 3sat ist eine Robert-Walser-Woche. Gab es gestern schon einen biographischen Film und einen Spülfilm »Geschwister Tanner« von denen Franzosen zu sehen, sehr sehr schön isset gewesen.

21. Octopus 2003, Dienst

Null Grad, alles oliv da vorm Fenster. Camouflage, Gülleton. Die Fässchen flitzen ooch wirklich herum. Doch sah ich die Schwäne fliegen, das ist ein ergreifender Anblick. Auch Gänse donnern vorüber. Die graue Zeit, wenn jeder Tach wie Totengedenktag gleich ist, die genieße ich sehr. Wo andere Depressionen bekommen. Und in diesem Jahr ist auch noch die Emily darby, das ist außerordentlich hübsch. Meine Augengläser wurden geschickt. Sehr gut, ganz leichte randlose Plastikdinger. Muss ich mir ne gute Ablage for die Nacht herstellen, die kann ich nicht irgendwo in die Botanik haun. In der Post eine unverlangte Gabe von Steidl: das neueste Buch vom Nobelpreisträger! Gedichte. »Letzte Tänze«. Ein Grusel-Horror-Trip mit Lithographien. Muss ich mir trauen das uffzuschlagen. Hab wat gelesen, diese sog. Gedichte sind grauenvoll. Und Reich-Ranicki schwärmt davon. Ich seh wie ein Adeler mit meine neuen Augengläser!

23. Octopus 2003, Donner

Minus 3 Grad herrschen, in den Mittelgebirgen liegt Schnee. Wir haben den Strandkorb immer noch im Garten stehen, müssen anfangen, ihn in die Garage zu schleppen. Geht nur in vielen Etappen, ich bin keen Riese. Die Emily ist rausgegangen in den knallschwarzen Garten. Das Morgenroth über der Eider leuchtet a bisserl. Glitzersterne am Himmel. Ich hab das Schreibzimmer voller Zigeuner. Remmidemmi am Morgen. Der Morgenstern flimmert und flammert. Die Koppeln sind fett bereift. Hab die Emmi im Fernglas gehabt, wie sie durch die Reifkoppeln streifte, hinter dem Grünen Weg. Die Post war sehr erfreulich! Von denen Amazonen allerlei Prousterey. Ein Inselbändchen »Marcel Proust und die Mode« mit herrlichen Bildern, zwei Biographien. Zwei Bücher sind immer besser als eins, alte Erfahrung. Was der Eene nicht weeß hat der Andere dann. Auch ein Brief vom Kleinen Zänkischen Bergvolk. Er will sich am 26. auf den Weg ins sog. Salzburg machen. Bin bis zum Reiherbaum gepilgert. Die Kälte kroch aus den Gräben.

24. Octopus 2003, Frei

Ein Schneewolkenhimmel und Krähenschwärme. Chagallsche Glasbilderfarben hinter der Eider. Der Teller sieht heute klein aus auf dem ich hier wohne. Bis in den tiefen dunkelen Nachmittag rein die Proust-Biographien gelesen. Wie er erst getrödelt, dann nur noch geackert hat.

26. Octopus 2003, Sonntag

Aber auch ein Regentag, bitteschön. Die Atomuhr hat sich von sölber umgestellt, die anderen Uhren müssen hinterher. Weck ist die Sommerzeit. Heute ist die Emily ein halbes Jahr in Tee. Es gefällt ihr hat sie gesagt. Es tagt die Darmstädter Akademie und der Meister Kluge hat den Büchnerpreis bekommen. Ich hab kaum etwas von ihm gelesen. Dieses Ding über den Bombenangriff auf Halberstadt, von welchem Dorothea sagt, dass er es von einem Halberstädter Historiker abgeschrieben hat. Bei allen möglichen Versuchen etwas von ihm zu lesen bin ich injeschlafen. Auch bei seinen Filmen fielen mir die Pupillen zu. Diese sog. Frankforter Schule ist nicht mein Fall. Auch in Büchermarkt beherrscht er das Feld. Sie machen ihn zum Geistesriesen. Und er schreibt immer noch wie ein Bürokrat. Helf er sich sagt der Berliner. Literarischer Kwalm.

27. Octopus 2003, Montag

Minus 5 Grad, dicker Reif und Sonne. Die Vororte von Los Angeles werden von ungeheuren Waldbränden erfasst. Kam ein Fax aus Salzburg dass der Dichter auf Sommerreifen lebend die Stadt erreicht hat.

28. Octopus 2003, Dienst

Ich bin mit Moses an einem Ufer spaziert und es lag ein Schiff abfahrbereit zu einer dänischen Insel, die wir in der Entfernung schon sahen. Wir sofort auf das Schiff ruff voller Freude. Und ich hab gedacht, wenn das die Inger wüsste dass wir gleich in ihre Küche stehen. Es war Nebel über dem Wasser und Möwen begleiteten uns. Und wann ich nicht uffgewacht wär, kämen wir an. Heute kein Frost. 2 Grad und ein winziger Wind. Tauben und Krähen. Hab schon gelesen. Befinde mich in Balbec am Ende der Saison. Die Sonne ist jetzt untergegangen, wenn wir den Speisesaal betreten. Ich war in Tellingstedt Katzenfutter holen. Die Fahrt durch die Knicks, durch den Bauernwald über die trockene Geest war wie immer sehr hübsch.

29. Octopus 2003, Mittwoch

Die zweite Gruppe der eingeschlossenen Bergleute in Südrussland wurde gefunden, fast eine Woche nach einem Wassereinbruch. Das verrottete Kohlegrubensystem ist Schuld. Inzwischen an anderer Stelle tote Bergarbeiter, das geschieht fortwährend. In Kalifornien teuflische Wäldbrände, 1500 Häuser sind abgefackelt, und es gibt mindestens 20 Tote. Der neue Gouverneur eilte vor die Kameras, das ist ein Kotzbrocken eu Gott. So sieht es aus auf der Welt. Und icke ging schon spazoren unter tieffliegenden Fetzen der Kiebitzteppiche hier. Die Emily kam rin, einen Happen essen. Wild-Menü hat sie bekommen. Nun sind wir im Schreibzimmer und sie muss sich ausführlich putzen. Wegen herrlicher Protuberanzen der Sonne wären Nordlichter möglich. Ich hätte ja gern solche gesehen. Es war aber bewölkt und neblig, als die Straßenbeleuchtung ausgelöscht war.

30. Octopus 2003, Donner

Dichter Nebul, ich kann den Grünen Weg nicht erblicken. Ich habe Bürokratien gethan, alles mögliche veranlasst. Zu faxen versucht, was aber wegen der Protuberanzen schwierig war. Das ist die Wahrheit. Man hatte Fehlschläge zu erleiden. Heute das reine Selbstmörderwetter wie ich es liebe. So grau, so trüb den ganzen Tag. Für den Bahnhof von Francoforte gab es ne Bombendrohung, der Zugverkehr ist völlig durcheinander.

2. Novembrius 2003, Sonntag

Heute Allerseelen, die werden mächtig umhergewirbelt. Emily drehte sich auf dem Absatz um, als ich die Küchentür aufgethan hab. Nun macht sie Telefondienst. Hat sich vor das Gobelinkissen auf das Binsenstühlchen gesetzt. Wird sie bestimmt nicht gestört. Es ist ja alles paradiesisch eingerichtet hier, keene Schwatzbude sondergleichen. Ich bin im dritten Band gelandet und les so schön, wie der Herzog von Guermantes sich morgens im Nachtgewand am geöffneten Fenster rasiert, die niederen Menscher denen er Räume vermietet hat, sie existieren für ihn ja nicht, durch die blickt er durch, und dann lässt er sich neue Pferde vorführen und rammelt einen Schaukasten der Gemeinde nieder und bemerkt das nicht, oder er bemächtigt sich Proustens Vater, der wie auf Kohlen sitzt, weil er dringlich zu einem Gesundheitsausschuss hineilen muss, das ist alles sehr herrlich. Und was die Dienstboten sich so erzählen: heute ist eine Soiree mit Schattenspielen bei der Prinzessin von Parma, doch wir gehen nicht hin, weil Madame mit dem Fünfuhrzug auf zwei Tage nach Chantilly zum Herzog von Aumale fährt ... Das geht seitenlang mit solchen Gesprächen, und nie ist es langweilig, aber ooch kein Kabarett. Im Irak haben sie heut einen Transporthubschrauber der Amis abgeschossen, von 25 Soldaten sind 13 tot. Bei einem anderen Anschlag weitere Tote. Wir müssen den Strandkorb noch ein paar Meterchen in Richtung Schuppen schleppen.

4. November 2003, Dienstag

Die Eichelhäher saßen in der Weide über dem Komposthaufen, sah sie auch fliegen. Sehr schmucke Burschen. Sie müssen viele Eicheln verstauen im Herbst. Gestern rief der Tonsetzer an, der das Stück for den Bayerischen Rundfunk doch machen will, nun mögen sie aber seine erprobten Musiker nicht, sondern solche von ihrem Vorrat. Die würden das aber nicht bewältigen können. Also es ist immer alles sehr schwierig in diesem Beruf. War sehr nett zu telefonieren. Gerade ging ein Freund weg, der ihn angepumpt hatte. Schuldete ihm schon ne Menge. Er muss uffpassen sonst hat er nur Außenstände. Heut hab ich Frau Callas auffem Teller mit »Lucia di Lammermoor«. Zwei CDer sind es, das reicht for ne Woche. Hör ich konstant. Ein Schwarm Schwanzmeisen hängt in den Ästen der kleinen Ulme vor meinem Schreibzimmerfenster. So etwas Niedliches diese hellen wolligen Thiere. War die Nordische Rasse (!) mit die ganz hellen Köppe.

5. November 2003, Mittwoch

Nebul und ein dreifarbener niegesehener Kater auf dem Stalldach. Der Nebul hielt den ganzen Tag an. Ich bekam ein Buch meines dichtenden Großvaters von einem Menschen, der früher in Limlingerode gelebt hat. Solche Bücher geisterten durch meine Kindheit, Harzsagen und anderes Gelichter in Verse gesetzt, das fand ich nicht so sehr interessant. »Treu der Heimat« heißt dieser Band. 1920 ist er erschienen. 16 Uhr ist die Sonne durch den Nebel gelangt, 17 Uhr ist sie unter. Die Kühe gehen durch Japanpapier. Ich bin durch solches gestolpert. Vor mir die untergehende Sonne, hinter mir der hellgelbe aufgehende Mond. Hab die jungen Kühe vom Kneipenwirt besucht, die hinter dem Reiherbaum stehen und sehr neugierig sind. Gleich angesprungen kamen. Ihren Stier mit dem Nasenring sind sie losgeworden. Lese den Briefwexel Gustave Flaubert mit den Brüdern Goncourt. Letztere seien ziemliche Krawallschachteln gewesen.

6. Novembrius 2003, Donner

Goldener November könntest du sagen. Es glänzt der Morgentau. In einem Monat ist Nikolaustag. Hab schon Texte sortiert, korrigiert. Lauter Kleinvieh, macht sehr viel Mist. Höre Maria und Verdi. Kam die Regenkatze rin, musste sich lange putzen. Der Salzburger hat mir von seiner Ungaretti-Lesung erzählt. Amanshauser kam und nuschelte vor sich hin, sein Parkinson ist schon arg. Hinterher in einem Beisel hat er plötzlich diabolisch gelacht und geschrien, dass der Salzburger ein Pechvogel wär. Während er sich immer mehr for ein Genie hält. Weil er in Salzburg alle Preise erhielt und so weiter. Naja kann er ja. Aber der Salzburger braucht ihm das nicht zu glauben. Höchstens wann er es will.

7. Novembrius 2003, Freitag

Nun schau ich wieder in meine herrliche Lektüre: Jürgen Eggebrecht, »Huldigung der nördlichen Stämme«. Versuche etwas über die Machart herauszubekommen, weil es ganz herrlich und völlig unkonventionell ist, ich glaube das rührt von sein Sprung in der Schüssel gleich her, einer Gehirnoperation. Solch ein eigenartiger Satzbau – außerordentlich schön und seltsam immer zugleich und nicht ganz auflösbar, einfach zum Küssen. Und reicht so ins Totenreich nach vorn und nach hinten in seinen Familienpapieren. Dazu hör ich Frau Callas mit »La Traviata«, die stirbt und stirbt und dann werf ich die CD wiederum an, wat denn sonst! Der Himmel ergraute. Erst lass ich die Kühe durch, dann geh ich spazoren. Aber mit die Gummistiebel selbstverständlich.

11. November 2003, Dienstag

Ein bleigrauer hochneblichter Tag bis dato, der Bauer fährt Gülle in Hülle und Fülle. War tagelang abgetaucht und habe »Harry Potter« gelesen. Jetzt bin ich auf Seite 691. Im ganzen gesehen ist dieser 5. Band mitunter, wenn nur der Stoff bewegt wird, a bisserl langweiliger als die anderen. Es gibt auch nicht diese herrlichen phantastischen Dinger wie die Unterwasserwelt vorher, auch hat sie wohl ihr Pulver verschossen.

12. Novembrius 2003, Mistwoch

Um neun Uhr war ich fertig mit dem 5. Band »Harry Potter«. Der 3. Band war der schönste, würde ich sagen. So ist das mit denen langatmigen Werken. Heute herrscht leichter Frost und die Sonne scheint. Muss mir erst mal inkriegen ganz ohne Zauberstab. Hab vergessen den Müll rauszustellen. Sowatt kommt von sowatt. Im Irak ein Autobombenanschlag auf italienische Truppen. 11 Tote, 8 Iraker ebenfalls, danach noch tote Amerikaner wie jeden Tag. Die amerikanischen Truppen greifen gezielt Häuser an, in denen sie Terroristen vermuten. So wie es auch im Gazastreifen durch die israelische Armee täglich geschieht. Die glooben dass sie alle Rechte haben.

15. Novembrius 2003, Samstag

Es regnet und es geht der Wind. Und ich hab die Emily da ringeschickt, ein Unmensch so seh icke mir. War mittags spazoren zu den Azoren im heftigen Wind. Er heulte und sauste um meine Kapuze herum. Hab einer von Möwen verfolgten Krähe geholfen, ihren schönen fetten Bissen in Sicherheit zu bringen. Mir heiser geschrien. War sehr sehr hübsch. Sonst war niemand unterwegs. In Istanbul zwei Anschläge auf zwei Synagogen. Ein Haufen Tote anscheinend. Viele Verletzte. War wieder zeitgleich. Abends mit Maurice Fußball gesehen, Freundschaftsspiel Frankreich gegen Deutschland. Wir waren natürlich für die Franzosen, sie gewannen ooch 3:0. Es hat im Kasten ordentlich geklingelt!

16. Novembrius 2003, Sonntag

Wir sind immer noch am Strandkorbrücken! Aber nun bereits kurz vor dem Carport. Nächste Woche können wir die Aktion beenden. Ich bin durch den Nebul spaziert. Vorher eine wundersame Sendung gesehen, »Kopfleuchten«, über verschiedene Verrücktheitsarten. Schon zum 2. Mal. Mit wunderbaren Malereien. Nachher noch »Der Kommissar«, die alte Schwarzweißserie. Mal schaun, ob die Emily ooch Lust darzu hat.

17. Novembrius 2003, Montauk

Hatte sie dieses Mal nicht. Schlief im Salong auf dem Fensterbrett auf ihre peruanische Decke. Haben wir »Die Pistole im Park« alleene gesehen und uns gegenseitig erschreckt. War von 1969, wenige Tage nach Moses' Geburt erstausgestrahlt. Da waren wir noch in der Klinik in der Monbijou-Straße. Itzt regnet es heftig. Emily hat sich neben meinem Schreibtisch eingefaltet. Der Koch lieferte eine herrliche Erbsensuppe und holte sich die Prüfungsordnung aus dem Netz. Die er nahezu erfüllt hat, fehlt noch die Magisterarbeit.

18. Novembrius 2003, Dienstag

Die aufgebahrten 20 Soldaten in Rom entfachten ein ungeheures Nationalgefühl! Tausende stellten sich an und erwiesen ihnen dic letzte Ehre. Italien soll weiterhin im Irak bleiben, sonst wären die Soldaten umsonst gestorben. Merkwürdig klingt es. Ich erwarte heute den Kempowski-Roman von denen Amazonen, »Letzte Grüße« geheißen. Wir haben noch schnell den Strandkorb aus der Gegend des einstürzenden Stalles getragen, über Nacht hatte es dort schon gekracht, den Korb um Haaresbreite verfehlt. Sieht herrlich gruselig aus. Hoffentlich passen die Katzen auf. Aber sie haben wohl ein Erdbebenwarnsystem eingebaut denke ich mal. Hab noch den Salzburger im Äther getroffen, hatte den 49. Geburtstach. Draußen ein ausgewachsener Sturm. Wollte die Emily rin, beschwerte sich sehr.

20. Novembrius 2003, Donner

Trüb ist es heraußen, es herrscht Geheimnis. Ich les erst mal Kempowski fertig. Nicht ganz so irre wie seinerzeit »Alkor«, aber viel Wahres über Lesereisen. Es gelingt ihm, einen großen Horror vor denen unvergesslich erschaffen, besonders aber solche nach Amerika. Alles spielt 1989, und die Dozenten an den Universitäten schwärmen ungebrochen von der ehemaligen DDR, in welcher K. ja im Knast saß. Ja so ist es gewesen, die schrieben ihre Doktorarbeiten über Hermann Kant und Christa Wolf und mussten deshalb auch später den Gegenstand ihrer Zuwendung hoch halten und erfanden Geschichten, dass die Gegner des Staats da gewesen seien. In der Türkei ein weiterer Anschlag. Auf das Generalkonsulat von Großbritannien und eine Investbank. 25 Tote und 400 Verletzte heißt es.

22. Novembrius 2003, Sams

Draußen steht das Nebelrind unbeweglich. Drinnen hat die Katze gekotzt. Hör ich Tom Waits schön gurgeln. Weht der Mantel der Geschichte: in Georgien gab es seit der Wahlfälschung Anfang November täglich Demos, gestern wollte Schewardnadse, der sein Verfallsdatum würglich überschritten hat, seine konstitutionelle Sitzung abhalten, da gab es Randale und das Parlament wurde gestürmt. Alles vor laufender Kamera. Die Opposition installierte sich, es blieb friedlich, sie feierten. Sie sollen bloß aufpassen, man hat schon Pferde reihern sehn.

23. Novembrius 2003, Sonntag

In Tbilissi soll nun verhandelt werden, der russische Außenminister ist unterwegs. Hoffentlich kommt es nicht zu Mord & Totschlag. Schewardnadse hatte sich zuletzt mit einer Art Mafia gehalten. Korrupt waren sie. Das schöne Tbilissi! Ich hör noch den Mtkwari-Fluss. Das erste Mal war ich Anfang der sechziger Jahre da. Waren wir Gäste des russischen Schriftstellerverbandes und wohnten in einem herrlichen alten Hotel in Gagra. Der Strand dort war steinig, man lag zum Sonnen auf Pritschen. Rainer sonnte sich stundenlang, ich sammelte lieber weiße graue und schwarze flache Kiesel mit fremden Schriftzeichen drauf. Ich schrieb auch am Strand. Später wohnten wir in Tbilissi in einem schönen Hotel mit Perlenvorhängen und hatten viel Umgang mit jungen Germanisten. Waren auch bei denen zu Hause. Reso war ein Fürstensohn und ist leider jung gestorben. 1967 war ich zum zweiten Mal dort, da war unser Haussegen bereits runtergekracht. Ich etwas schwanger. Da hab ich für Lisa einen Ring mit einem Rubinerl gekauft, den sie gern getragen hat. Wir haben damals Giwi in einem verkommenen Neubaublock besucht, wo er gleichzeitig mehrere Romane schrieb und die Manuskripte in verschiedenen Stapeln aufgetürmt hatte. Vor dem Block gab es angebundene Hühner, das hatte ich noch nie gesehen. Die große schöngestaffelte georgische Landschaft ist noch auf meiner Netzhaut.

24. Novembrius 2003, Mohntach

Herrlich tristes Wetter, alles trieft. Es geht das Gerücht, Schewardnadse wär in Baden-Baden gelandet und kaufte sich da eine Villa. Wird erst bestätigt, dann dementiert. Natürlich bleibt er bei seinen Reichtümern, hat einen Clan, der ihm Sicherheit gibt. Wir sind seinerzeit dort bis zu den schneebedeckten Gipfeln des Kaukasus gelangt.

26. Novembrius 2003, Mittwoch

Grad kommt das Müllauto von der Geest herab. Hab die Tonnen gestern rausgefahren, besitze ein reines Gewissen. Die Amerikaner wollen den Georgiern helfen, eine Demokratie aufzubauen. Wahrscheinlich nach dem Vorbild des Irak. Die haben doch nur die Pipeline im Kopp. Irene hat mir einen langen Plauderbrief geschrieben über das sog. Berliner Leben. Sie vermutet, dass ich sicher nicht mit ihr tauschen möchte dort ansässig zu sein. So isset. Aber mal hören was ich verpasse, das ist nicht verkehrt. Büchermarkt: bei Suhrkamp kracht es allenthalben im Gebälk, wo der Chef dood is. Und der Herr Berg er musste sich im gegenseitigen Einvernehmen trennen, ohne dass die Gesellschafter was wussten. Der Beirat ist baff, von Muschg bis Enziansberger. Der Verlach war ein Scheinriese seit den achtziger Jahren.

27. Novembrius 2003, Donner

Der Kluge Alex hat ein hübsches Kapitul über die Bagdad-Bahn zum Beispiel in sein Opus magnum, viel Krims und viel Krams. So im Stil von »Der Faktor X« aus dem amerikanischen Fernsehn. Im Kanzleistil ist er am besten der Herr Rechtsanwalt. War schon am frühen Nachmittag spazoren zu den Azoren. Einen Schwarm Bergfinken am Reiherbaum getroffen, vier Rehe, viele auffliegende Enten, einen plumpsenden Bisam im Graben. Nieselregen und triefender Nebel. Die Besitzverhältnisse des Herrn Schewardnadse würden untersucht, hat die Frau Übergangspräsidentin verlauten lassen. Die Immunität, die sie ihm versprochen haben, würde gewahrt bleiben. Eine Krähe hackt dem Schewardnadse sein Auge nicht aus.

29. Novembrius 2003, Samstag

Minus 2 Grad, sehr dichter Nebel. Die Sonne wühlt sich schon durch. Kam erst 9 Uhr aus meine Federn, da ich zu viel Espresso getrunken und bis tief in die Nacht TV dann gesehn hab. War aber hübsch. Kann sie sich leisten. Ist schließlich Pensionistin. Außerdem brauchen alte Weiber nimmer viel Schlaf. Morgen schon der erste Advent. Muss ich mal eine kleine Lichterkette suchen. Die große Euphorbie gibt wieder den Weihnachtsbaum ab mit Thüringer Glasschmuck. Hab die Lichterkette gefunden. Die mit den Papagoyen. Es geht nicht alles verloren. Jedenfalls nicht sofort. Haben den Strandkorb unter Dach und Fach. Das sind Bewegungen hier! Der Nebel hing den ganzen Tag über dem Land. Jetzt eine ausradierte Sonne darin.

30. Novembrius 2003, Sonntag

Die Emily hat sich verkrochen. Kann sie gar nicht entdecken. Und auch Django Reinhardt ist verschwunden. Wie ist es bloß möglich. Ratzeputz weg allesamt. Maurice hat den Django uff meine Stapel gefunden. Und die Katze ist ooch plötzlich wieder vorhanden gewesen. Friede Freude Eierkuchen. Selbst die Sonne kam noch herfür. Ich hatte Moritz gefragt, ob er wüsste wo Django Reinhardt wär. Und die Katze sei ooch weck. Vielleicht seien sie zusammen durchgebrannt. Würde ja passen, wo der Reinhardt manchmal nicht gekommen wär wann er Konzert hatte. Ja das stimmt, hab ich gesagt. Kurz vor Mitternacht wieder »Der Kommissar«. »Der Tod fährt erster Klasse«. War sehr schön, besonders wie der Münchner Hauptbahnhof 1968 aussah.

1. Decembrius 2003, Montag

Kurz vor dem Aufwachen hab ich ne Menge wunderschöner Eidechsen gesehen. Die Emily ruht auf dem Kaschmirschal und wir hören Django Reinhardt. Ach ist es herrlich mit solch einer Katze am ersten Dezember! Die dreifarbige die hier manchmal vorbeikommt, habe ich vorgestern streicheln können. Schwere Gefechte im Irak. Es ist ne Art Vietnam geworden. Guerillatruppen wie Pilze. Büchermarkt: Michael Lentz, 64 geboren, hat seinen ersten Roman publiziert. »Liebeserklärung« geheißen. Vom Ende her erzählt. Liebe und Leid und die Deutsche Bahn spielen eine Rolle. Auch Herbert Grönemeyer käm vor und ein dänischer Philosoph. Lesen will ich es nicht. Nun geh ich in die Dunkelheit rin: spazoren mit verdeckte Ohren.

5. Decembrius 2003, Frei

Es kommen härtere Tage sagt die Frau Bachmann. Hochdruckwetter mit niederen Temperaturen. Das hat sie wohl gemeint und sich einen Wintermantel gekauft in der Ewigen Stadt. Und for die härteren Tage habe ich mir gestern im Englischen Laden in Rendsburg »Lily of the Valley« gekauft, Maiglöckchenduft pur. Als ich Rendsburg wieder verließ, da bauten sie gerade ihren mickrigen Weihnachtsmarkt auf. Sehr hässliche Karussells in grauenerregende Farben. Und noch mehr Bratwurstbuden als da eh immer rumstehen. Die Katze redet im Schlaf. Django ist pünktlich zum Spielen gekommen. Hat nicht verpennt. Heute ist mir meine erste Schulfreundin Ellinor eingefallen. Und dass es für uns als erstrebenswert galt, so listig wie ein Fuchs zu sein. Das muss in der ersten oder zweiten Klasse gewesen sein. Ich weiß alles ganz deutlich. Bloß nicht, wie wir uns das dachten. Ellinor war ein kacknaives geradliniges Kind. Sie lebte bei ihren Großeltern, die auf dem Breiten Weg ein seriöses Hutgeschäft führten. An ihre Mutter erinnerte ein zurückgelassener Tennisschläger. In der zweiten Klasse führten wir »Goldtöchterchen« auf, eine gängige Lesebuchgeschichte wie schon erörtert. Bis zum Großangriff auf Halftown hab ich Ellinor öfters in der Wohnung ihrer Großeltern besucht. Erb hießen die. Dann war alles kurz und klein und Ellinor verließ die Stadt mit ihren alten Großeltern. Die sie Großpapa und Großmama nannte, was ich immer sehr hübsch fand. Nach vielen Jahren als ich schon hier im Norden angespült war, da hörte ich von ihr, da hatte sie mehrere Kinder und war so naiv wie immer.

6. Decembrius 2003, Samstag

Der Salzburger aber war in Munich beim Verlach und hat sein nächstes Buch »Die Schule der Wolken« unter Dach und Fach gebracht. Bekommt schon gleich Fahnen und im Frühjahr ist alles vorhanden. Kann er nicht meckern. Höchstens, dass sie ihm keinen hohen Vorschuss geben wollen. Aber es geht um die Schriften, kaum um den Steller. Der muss sich durchhaun und keene Klamotten kaufen. Mein Schreibzimmer ist wie ein Buchenwald mit großen Maiglöckchenflächen. Im Huy hat es das in der Kindheit gegeben. Erst Leberblümchen in großer Zahl, dann Maiglöckchen und Waldmeister zuhauf. Seidelbast und Buschwindröschen ganz früh im Jahr. Alles kalkliebende Pflanzen, die es hier kaum gibt. Dafür Wollgras und Schwanenblumen, Kuckuckslichtnelken und hellblaue Moorfrösche, die hat Lisa gottlob noch mit perfekten Augen gesehen. Hellblaue Frösche! nämlich haben sie sehr erfreut. Hat sie oft von gesprochen. War auf einem Osterspaziergang ins Birkwildmoor mit Maurizius, dem Compositeur und Robert. In Russland stehen Parlamentswahlen an. Herr Putin hat alles gut arrangiert. Eine Wahlfälschung wird man bei ihm nicht aufdecken können. »Einigkeit Russlands« strebt eine Zweidrittelmehrheit an.

8. Decembrius 2003, Montag

3 Grad und bewölkt. Und wenn der Genosse Putin die Zweidrittelmehrheit hat, dann kann er die Gesetze ändern wie er will, auch seine Amtszeit verlängern. Oder es gibt Leserbriefe, dass alle ihn bitten, weiterzumachen. Seine Frau erzählte den Journalisten an der Wahlurne, dass Wladimir sich die Nacht um die Ohren geschlagen habe, weil die Labradorhündin niedergekommen ist und er sich um alles gekümmert hat. Rührend diese Staatsoberen! Mitunter gehen die herzigen Geschichten aber nach hinten los. Wie Bush überraschend zu Thanksgiving bei seinen Soldaten im Irak auftauchte, und man sah ihn mit einem Riesentruthahn aufm Tablett. Ein paar Tage später sickerte durch, dass der Turkey aus Plastik war, die Soldaten fraßen in Wirklichkeit das Gleiche wie alle Tage. Die Soldaten müssen sich doch sehr verscheißert vorgekommen sein. Vor polnischen Feuerwerkskörpern wird gewarnt.

9. Decembrius 2003, Dienstag

Minus 3 Grad und viel Möwen am Himmel. Als ich nach Mitternacht aus dem Fenster des Klassenzimmers sah, ging auf der Straße im Mondschein ein sehr großer anscheinend roter Kater vorüber. Ich rannte in den Ostsalon, seinen Weg weiter zu verfolgen. Im weißen Licht ein sehr großer Kater! Ich hab dreimal nachgeschaut ob es keen Hund war. Nee das war der Kater aller Kater. Die Straßenlaternen waren ja ausgeschaltet.
Ein schöner Sonnenuntergang. Ich geh später im Mondschein spazieren. In Büchermarkt Frau Heidenreich über Neuerscheinungen. Herr Steinert fand alles was sie sagte niveaulos. Von den »Schnäppchenjägern des Lebens« – amerikanische Romane. Wirklicher Schaas.

12. Decembrius 2003, Frei

Eine Regenfront zieht heran. Glatteiswarnungen werden hervorgebracht seit gestern Abend. Noch ist es heiter. Die Sonne steht sehr tief, scheint auf die Scheuerleiste. Dicht bereift sind die Koppeln. Die Gräben glitzern im ersten Eis. Emily ruht auf dem Kaschmirschal. Die Südseite des Hauses dampft gegen elf Uhr wenn die Sonne die Feuchtigkeit wegfrisst. Sieht aus wie eine optische Täuschung, Zauberei.

13. Decembrius 2003, Sams

Regen und Sturm, Unwetterwarnung, besonders für den Brocken! Wird dort wieder die große Trommel geschlagen, Stendhal zu Ehren. »Es herrschte große Kälte, und der Wind wehte mit einer Gewalt, wie ich sie noch nie erlebt habe. So gewaltig, dass er mir warm vorkam. Wir glaubten vierzig oder fünfzig Trommeln zu hören, die in einemfort schlugen.« Dieses Zitat von ihm hat mir ein Wanderer neulich geschickt. Aus der Roten Forelle, wo auch Göthe und Harry Heine waren. Ich bin sehr froh, keene Stadt im Weihnachtsschmuck ertragen zu müssen. Es artet aus, womit die Menschen ihre Häuser behängen. Der letzte Renner in diesem Jahr sind Weihnachtsmänner, die an der Hauswand kleben und in die Fenster klettern. Und Lichternetze wie in Amerika. Ich halte es gut aus ohne ne Stadt, selbst ohne Berlin komme ich klar. Ab und zu seh ich mal ne Sendung über neueste Architektur in Börlengh, zum Beispiel Botschaftsgebäude direkt am Märkischen Ufer mit anliegende hübsche Schiffe, an der Brasilianischen Botschaft z.B., aber der Anblick genügt. Wohnen möcht ich dort nicht und durch die Menschen stolpern. Hier ist es besser, ein Anblick von Sonne und Mond macht alles wett, oder der Wind nun ums Haus. Tut denen Nerven sehr gut den Tand nicht zu sehn dem die Leute da nachrennen müssen. Entbehre alles voller Lust, ooch die Akademie selbst noch die Opern. Ich sitz hier in meine Bäume in Wind und Wetter und bin es mehr als zufrieden. Tägliche Anfälle von Glückseligkeit da kannst du mal sehen. Und ich hab mich der Prousterey wieder zugewandt. Band 4 bin ich bei Sodom und Gomorrha. Was for ein Wandel auf diesem Gebiet.

14. Decembrius 2003, Sonntag

Sturm und Regen. Der Emily alles gezeigt, the cat is not amused, Kehrtwendung und Gemaule. Saddam Hussein wurde gestern in der Nähe von Tikrit gefangengenommen, es scheint kein Doppelgänger gewesen zu sein. Bei einbrechender Dämmerung legt der Wind wieder zu. Die Katze horcht auf den Sturm und verfolgte den sich bewegenden Bambus vor dem Fenster. Es schneite auch in den Regen. Saddam Hussein aber ist ein zahnloser Wolf. Sich monatelang zu verstecken geht an die Substanz.

15. Decembre 2003, Montauk

Liegt also ne Winzigkeit Schnee, null Grad. Die Westseite der Baumstämme ist weiß, das sieht sehr hübsch aus. Glatteiswarnungen quellen aus dem Radio. Gestern war noch dieser Weimarer Salon. Es geht dort zu wie in der Pestalozzischule, was in meiner Jugend eine Dummenanstalt war. Herta sah sehr interessant aus und versteckte jegliche Arroganz. Ich fahr zu dergleichen nimmer! nimmermehr hin. Mir genügt es dass meine Beukers in genügender Anzahl verstreut sind und nicht sofort verloren gehen können. Weihnachtspost gethan. Viel giebt es nicht. Dorothea kriegt immer wat, so geht das über die Jahre. Es liegt Schnee in der Luft. Tiefhängende dunkele Wolken kommen von West. Habe das Vogelhaus aufgestellt. Ein TV-Programm for die Katzen. Es dauert aber ein zwei Tage bis sich rumgesprochen hat, dass es was Tolles wiederum gibt. Die Erinnerungsvögel müssen erst kommen.

16. Decembrius 2003, Dienst

Das Buch von Raddatz ist literarischer Kwalm, aber vielleicht les ich es mal zur Befriedigung meiner geringen Klatschsucht. Und darnach ab mit dem Werk in die ewigen Jagdwurstgründe. Kempowski hab ich mir erneut bestellt. Ich lese total gerne von seine Hühner. Reale Hühner bitte sehr. Der Salzburger hat wegen seiner »Schule der Wolken« vom Verlach gehört. Es scheint sie zu stören, dass man weder »Roman« noch »Erzählungen« draufschreiben kann. Ich bin gespannt. Hat sich die ganze Affäre, der Verlust sämtlicher Werthpapiere gelohnt, hab ich mit meiner besten Roheit gesagt. So geht meine Überzeugung. Wie privilegiert wir doch sind, wenn diese mechanischen Uhrwerke unseres inneren Lebens wenigstens den Stoff sortieren for schriftliche Escapaden. Das ist phantastisch eu Gott! Hab meine schönste Pelzweste angethan, die mit den Sternen auf dem Rücken. Und vorne das Herz das man uffknöpfen kann. Darunter hab ich ein herrlichet T-Shirt mit einem rothen Drachen am linken Ärmel. Die Mode mit dem orientalischen Touch gefällt mir sehr, wenn ich es ooch noch besser fände, nur icke! hätte diesen Drachen an meine Linke und nicht Krethi und Plethi. Aber die seh ich hier eh nicht.

17. Decembre 2003, Mistwoch

A bisserl staubsaugen muss ich heut auch – mal sehen wie ich das katzenfreundlich gestalten kann. Aber erst geb ich mich der Prousterey wieder hin. Über die Invertierten wat lesen, das sind wieder die Homos. Ihre verschiedenen Gruppen. Ein Kompendium isset. Wie sie vernetzt sind, sich auch erkennen. Das waren noch Doppelleben. Wie sie unter einer Decke stecken, auch die Juden, wat gerade bei der Dreyfus-Affäre nun rauskommt. Kam vom Tonsetzer eine CD aus seinem Aufnahmestudio, d.h. diese Sendung beim Bayerischen Rundfunk »Im Labyrinth der reinen Klänge«, das zieh ich mir gerne doch rin. Man hört ooch mitm Hals hab ich festgestellt. Es geht durch das Tor, das Schönberg aufgetan hat. Das hört sich seltsam genug an. Als ob sämtliche Grashoppers am Arbeeten sind kurz vor dem Sonnenuntergang in einer Prärie. Geht durch mein Zungenbein durch meinen Kiefer. Entengrütze Entengrütze! sagt Oskar zwischen die Stücke. Und dann kommt die Mayröckerin noch und alles wird zu der besten Katzenmusik.

18. Decembrius 2003, Donner

Gab einen prächtigen Sonnenaufgang, orangefarbene Seide und eine lange Schleppe rin in die schwarze Eider. Ich hör mal die reinen Klänge des Tonsetzers weiter. Manchmal spricht er ja mit, was ganz hübsch ist in diesem Haus hier. Wie schön es hier war und wie er mir mit dem Riesenhund von meine Lesereisen abgeholt hat. Zwei so große Kerle. Es ist aber auch gut dass wir uns und die Schafe eines Tages wieder verloren. Alles ist in guter Erinnerung. Seine Töne kommen wie aus einer anderen Welt, manchmal vom Franzerl. Und was ist sonst noch geschehn? Die Katze hat in den Salon gekotzt. Nachher renne ich weit spazoren mit beide bedeckte Ohren.

19. Decembrius 2003, Frei

Es sieht winterlich aus. Dicker Reif, ein Sichelchen Mond. Sich ausbreitendes Morgenrot. Von Nordwest ziehen sehr dunkele Wolken herein. Ich flüchte von der Hausarbeet hier in den Journaler. So sieht mein Leben wohl aus. Das schönste sind eben Schreibgeräte und solche Papiere. Ooch den Laptop lasse ich gelten. Sehe lieber rosa Wölkchen, Krähen und meinen Falken als etwelche Menschen. Hör die Stimme des Winds. Der Tag hat sich ganz dunkelnebelicht injepackt, mittags muss ich sämtliche Lampen brennen. Ich muss immerfort lachen über uns alle hier. Ooch die Schriftstellerin die sich in Moorlöchern spiegelt. Mein Name ist Hase ich bin ein anonymer Bewohner von Sumpfland. Ich weeß noch nicht mal, wer hier grad Bürgermeister ist. Die eloquente Katze sagt immer an was sie gleich macht. »Ich werd mir uff den Kaschmirschal setzen.« Nach einer Weile: »Ich werd mal einen Happen essen gehn.« Plötzliche Entschlüsse, das kenn ich von mir. Oftmals verstehe ich ihr. Ich weeß ooch wann sie spielen will. Dann fixiert sie das Bändchen, was ich unter der arte-Programmzeitung habe, und ich zieh a bisserl, und sie stürzt sich druff mit Karacho und es raschelt gewaltig.

20. Dezember 2003, Sams

Regen die ganze Nacht, 5 Grad. Bei Proust aber, im dritten Band, gibt es die ersten Telefone. »Die Fortschritte der Zivilisation gestatten jedem ungeahnte Vorzüge oder neue Laster zu offenbaren, durch die er seinen Freunden umso teurer oder ganz unerträglich wird ...« Ja wenn der erst die Handys erlebt hätte! Wo nun die absolute Kontrolle möglich ist. Sehr wunderbar ist, wie er beschreibt, wie Albertine ihn anruft, und was es für Straßengeräusche gibt, die mitgeliefert werden und was ihm det zu denken giebt. Militärmusik, die Klingel eines Radfahrers, die Stimme einer singenden Frau.

21. Decembrius 2003, Sonn

Vierter Advent, mit Orkanwarnungen drapiert. Ich hab etwas Schönet jeträumt, weeß aber nicht mehr wat. Mir ist als hätt ich ne herrliche Gegend durchstreift. Hab die Emily reingeklingelt, es goss so sehr. Von Südwest werden unsere diesbezüglichen Fenster beballert, Sturm von 11 Beaufort mindestens. Ja dann räum ich etwas auf um wieder zu lesen. Die Darmstädter Akademie hat in diesem Jahr endlich was Vernünftiges herausgegeben: den Briefwechsel von Hugo Ball 1904 bis 1927. Es ist sehr interessant, wie dieses Leben so geht. Auch die Kommentare lese ich gern. Er lebte mit Emmy Hennings zusammen und nie hatten sie Geld, keine vernünftige Wohnung. Erst in Munich dann in der Schweiz. Hermann Hesse sammelte Geld für sie. Es gibt eine Menge über das damalige Theater zu erfahren. Und wie die Verlage sich verhielten. Ein sehr unsicheres Leben. Mehr als die Hälfte der Korrespondenz ging im Krieg verloren.

22. Decembrius 2003, Mo

Scheinet die Sonne bei minus 2 Grad. Sie reden im Radio von zentnerweise Schnee, hier aber ist keener. Lediglich eisglitzernde Gräben. Die Emily hat deutlich gesagt, dass sie nicht raus will, selbst wenn die Sonne noch scheint. Sie will den Tag sehr langsam angehn, mal hier und mal dort sitzen, die Spatzen zählen. Ich sag wir machen ja allet was du willst. Schließlich ist sie das Naturwesen hier. Dem wir uns unterordnen. Der Koch muss heute auf den Markt feines Rindfleisch zu kaufen. Ich putze indes den Salon. Mit dem Salzburger telefoniert, geht ihm ganz gut. So haargenau will ichs lieber nicht wissen. Der Wind hat gedreht, kommt nun von Nordwest und ist saukalt. Die US-Regierung macht ihre Bevölkerung kirre, mit Warnungen vor Terroranschlägen. Erhöhte Sicherheitsstufen, so werden sie in Abhängigkeit gebracht, unmündig gemacht. Als 1. Gang gab es Schnecken. Folgt noch die Linsensuppe mit denen Maroni. Geht es uns Gold. Ich lese Ball-Briefe. Wie Dada zerstritten war.

23. Decembrius 2003, Dienst

Eine dünne Schneeschicht, es schneit weiterhin. Ich hab noch mit einem Affenzahn und nahezu im Hemd die Mülltonnen rausgerollt, hab es gerade geschafft bis das Auto kam. Hab auch die Vögel gefüttert, hat die Katze Theater. Die Katze ist später raus in den Puderzucker. Hat sich gewundert. Weihnachtskarten von Krethi und Plethi. Vom Marbacher Archiv kam die Bestätigung meiner hochgehandelten Summe for meine Korrespondenz allzumal. Hab ich Glück gehabt. Geht es mir besser als Hugo Ball. Geb ich ja zu. Mal schaun, wann es bei ihm besser wird. Doch er lebte nur bis 1927. Ich bewege mich in seiner Zeit von 1917. Ja wenn er wüsste dass er nur noch zehn Jahre lebt aber so viele Briefe schreibt! Auch an seine blöde Mutter, die ihn missachtet und immer beklagt, dass er keen Gymnasiallehrer geworden ist. Ihm anlastet dass er sich nicht im 1. Weltkrieg abschlachten ließ, sondern sich in die Schweiz verdrückte! Und Ball leidet ooch noch unter dieser Mutter, schickt ihr Rezensionen und Theaterprogramme. Bin bis zum Reiherbaum durch das Häppchen Schnee noch gegangen.

24. Decembrius 2003, Mittwoch

2 Grad über Null, Nebul und Regen. Kein Fetzen Schnee mehr vorhanden. Ich hab alle möglichen Geschenke eingewickelt, der Koch bereitet das Essen schon vor, die Katzen sind herraußen. Das Vogelhaus wird auch noch gefüllt, feinstes Ökofutter ist vorgesehen. Die Post kam, war aber nüscht drin. Gekocht wird nach dem amerikanischen Kochbuch. In der Dunkelheit haben wir die Geschenke wieder ausgewickelt. Maurice fand Bücher und CDer und so weiter. Der Clou bei mir ist ein großer Band Propagandamalerei von denen Chinesen. Sie ließen dergleichen von ihren besten Künstlern ausführen, es ist der reine Wahnsinn. Kinder mit Gewehren und Panzer aufs Delikateste gemalt. So verrückt war es in der DDR nicht. Also es war ein herrlicher Heiligabend und Elvis sang auch noch, bloß Frau Bernstein hätten wir brauchen können.

25. Decembrius 2003, Donner

Meine Mutter, die mit Hörkassetten lebte, als sie trübe Augen bekam. Eines Nachts träumte sie, als sie genügend Fontane-Kassetten intus hatte, Herr Westphal hätte sie »Frau Bernstein! Frau Bernstein!« gerufen. Sturm und Regen bei 5 Grad. Habe mich schon mit Emily der Weihnachtskatze verbrüdert, die inmitten der Weihnachtspapiere saß und wahnsinnich schnurrte. Sie bekam ein Weihnachtsmenü mit Truthahn. Maurice hat ein sehr feines Insel-Buch für mich aufgetrieben, ein Reprint von 1900, »Der Kaiser und die Hexe«, von Heinrich Vogeler illustriert. Mann ist das stinkichtes Wetter den ganzen Tag! Die Bäume wiegen und wiegen sich. Die Sonne ist ooch schon runtergerutscht. Die Nacht schwenkt ihre Fahn. Lesen ist so schön. Schreiben ist so schön. Draußen brauset der Sturm. Hab die Emily rausgefischt.

26. Decembrius 2003, Frei

Es wird immer wärmer: 8 Grad herrschen heute. Regen und Sturm. Ein starkes Erdbeben im Iran, sehr viele Tote. In Kalifornien Schlammlawinen, da die Bäume abgebrannt sind im Sommer. In China brennende Gasfelder, giftige Gase sollten abgefackelt werden. Ein Selbstmordanschlag in Tel Aviv, nachdem eine gezielte Tötung in einem Palästinenserlager stattfand. Mit Kollateralschäden wie immer. So geht es wie in der Steinzeit weiter. Hab Hugo Ball gelesen, wie sie sich durchhaun. Was sie für Gelegenheitsarbeiten machen und wie sie ausgenutzt werden, Verleumdungen durch sog. Kollegen. Mal schaun, ob es von Emmy was gibt, ob man es heut noch lesen kann. Sie stammt aus der Gegend um Flensburg.

27. Decembrius 2003, Samstag

8 Grad und Windstärke 6. Es wird immer wärmer. Zwanzigtausend Tote seien es im Iran durch das Erdbeben schon. Internationale Hilfe läuft an. Die alte Stadt Bam ist gänzlich zerstört. Hier gab es einen Wolkenbruch mit riesigen Hagelkörnern. Die Emily war darinnen, kam aber trocken retour. Ab Mittag Sonne, tobender Wind. Mit Kurt und Eirene telefoniert. Die wünschten uns wat. Wir sie ooch selbstverständlich.

28. Decembre 2003, Sonntag

Es gibt um diese Zeit entzückende Sendungen auf arte, über Rentiere zum Beispiel gestern. Welche Arten, welche geographischen Rassen es gibt, zu welchen Völkern und Sibiriaken sie gehören, ob sie wild oder absolut als Haustiere leben. Die verschiedenen äußeren Gestalten. Alles ist vom Umbruch bedroht, weil die neue Menschengeneration nicht mehr so nomadisch zu leben vorhat. Dergleichen sehe ich bis in die Nacht. Oder alte Kinofilme mit Doris Day, die ihre Frisur so schön trägt und wacker vorangeht. Hab ich ein Nachholbedarf von meinem Ostdasein her was die alten Filme betrifft. Womit ich aber keene westdeutschen meine, die sind alle grauenhaft. Es regnet still und beharrlich. Bei 3 Grad plus. Ich war schon mit Emily am Vogelhaus, haben Futter gestreut. Sie ist wieder mit hereingekommen. Guckt lieber von drinnen. Hugo Ball aber, so sympathische Ansichten er während des Ersten Weltkrieges hatte, in der späteren Zeit wächst sein Katholizismus. Er will die neue Psychologie unter das Dach der Kirche stopfen. Interessiert sich allen Ernstes positiv für den Exorzismus, die Dämonologie und sucht alle möglichen Patres auf. Das ist sehr bedauerlich. Er rennt fortwährend zur Beichte und träumt vom Heiligen Vater. Er und Emmy sie besuchen dann Stigmatisierte, also ich brauch mir nimmer um fortlaufende Lektüre zu kümmern. Das ist schon im Jahr 27 und bald ist Hugo dahin, stirbt an einer Geschwulst. Es regnet und stürmt, eilige fliegende Wolken.

29. Dezember 2003, Mondt

Regen und Sturm, es riecht nach Meer wenn ich das Fenster aufreiß. In der alten Stadt Bam steht kein einziges Haus mehr. War alles Lehm-Ziegel-Bau, sind beim Einsturz keine Hohlräume geblieben, deshalb wenig Gerettete. Sie sprechen von 30 Tausend Toten. Die Gegend ist schwer zu erreichen. Nachts über 10 Grad minus. Sehr schlimm alles. Die uralten Lehmgebäude, Berühmtheiten, sind nahezu alle dahin. Über tausend Jahr alt wurden sie nach jeder Regenzeit neu mit Lehm beklatscht. Das Leben aber in den späteren Jahren des Menschen es ist praktisch aus folgenden Gründen: alles was uff eenen trifft, wird mit dem, was man im Köppi (Ball) schon hat, wieder verknüpft. So geht es mit alle Weltgegenden in denen ich war, immer erinner ich mir, wenn eine solche Gegend über den Bildschirm geht oder ein Nam genannt wird. Oder die Geliebten werden wieder betrachtet. Das Haus atmet im Wind, macht mal hier und mal dort eine Tür auf. Jedes Wort das ich aufschnappe, setzt also im kleinen Köppi was in Bewegung, langweilig ist es mir nie. Immer ist was zu denken. Hoffentlich macht mir Sir Alzheimer keenen Strich durch die Gedanken.

30. Decembrius 2003, Dienst

Dicker Nebul und nur noch 1 Grad. Vielleicht wird ja Schnee vorgekramt. Ich war mit Emily im Garten, wir haben den Drosseln Äpfel ausgelegt. Damit die Katze später Theater hat von ihrem Fensterplatz aus. In China fliegen schon die Feuerwerksfabriken in die Luft. Post vom Maler Goltzsche, dass er geheiratet hätt. Meiner Meinung nach war er schon. Es wird von 40 Tausend Toten beim Erdbeben gesprochen.

31. Decembrius 2003, Mistwoch

Gestern haben wir mit Emily »Mendy – das Wusical« von Helge Schneider aus dem Bochumer Theater gesehen. Es war sehr schön und richtig haarig, war wie von Dada. Heute sind null Grad und 2003 verpisst sich. Ein viel zu sonniges Jahr wie es heißt. Schnee ist nicht zu erwarten. In älteren Taschenkalendern (1995) von Schneeüberschüttungen, aber ooch von versagenden Ölheizungen gelesen. Wurde alles gemeistert. Nun haben wir einfallende Stallgebäude. Muss man zuschauen können. Das ist der Lauf der rothen Katze. Jedoch: ich bin ein Trümmerkind, mir stört es nicht. Wir müssen nur bei Zack! die Köppe einziehn. Der Koch kocht schon. Er macht ein Letzeburger Rindfleischsalat. Einmal »Dinner for One« haben wir bereits gesehen. Ein Stückerl von Alfreds Silvesterpunsch auch. Irgendwer hat geklingelt, wir haben nix gehört. 24 Uhr mit österreichischen Champagner angestoßen und widersetzliches Feuerwerk im Garten abgebrannt. Herrschten minus 5 Grad und dichter Nebul. Die Raketen aus der Umgebung waren only zu hören. Der Mond (halb) segelte drüber und viele Sterndl. Noch a bisserl geschwatzt, dann uffs Ohr.

2. Jaguar 2004, Freitag

Eine zarte Schneedecke ist ausgebreitet, es herrschen jedoch nur null Grad. Erdbeben in Mexiko und auf Bali, Stärke 5,5. Habe die Vögel gefüttert, auch die Tauben saßen erwartungsvoll da. 10 Uhr sind die Schneewolken abgezogen, es scheinet der Sunn. Hat die Katze einen aufregenden Fensterplatz für das große Vogeltheater.

3. Jaguar 2004, Sams

Minus 4 Grad, aber kein neuerlicher Schnee. Ein ägyptischer Flieger stürzte mit französische Touristen ins Rothe Meer. Die Bauern fuhren mit ihren Kindern Schlitten: eine Kette hinter dem Trecker, gleich hinter dem Auspuff ist es die doppelte Freude. Der Salzburger aber ist unschlüssig, ob er diesen Dresdener Stadtschreiberposten annehmen soll. Ich dachte er hätte längst zugesagt! Sagte, er müsse dorthin schon wegen Old Shatterhand. Für morgen ist der beste Schnee versprochen.

4. Jaguar 2004, Sonntag

Tiefschwarze Nacht 7 Uhr 30: so viel ich seh/kein Schnee/in Tee. Gestern eine sehr wunderbare Van-Gogh-Sendung bei arte gesehen, über die drei Fassungen des Zimmerbildes vom gelben Haus. Mit Grundrissen aus dem Kathasteramt, denn das Haus es ist zerbombt. Mit dem Emelchen die Vögel gefüttert, und sie ist herraußen geblieben. Bei minus 4 Grad. Ein tüchtiges Vieh. Es graupelt a bisserl. Die Katze kam rin, sitzet in ihre Loge wie ein alter Soldat und sieht das Vogelballett. Etwas verärgert, dass die Wünsche nicht zu verwirklichen sind. Die amerikanische Marssonde ist heute früh gelandet und hat sich entfaltet. Darnach hat sie die ersten Fotuls gesendet. Die europäische etwas kleinere Sonde ist anscheinend verschollen. Jetzt schneit es sehr hübsch von Ost nach West. Weitermachen! Ich hör den »Messias« von Mister Handel. »Wonderful! Wonderful!« Heute sind Wahlen in Georgien. Vetternwirtschaft waltet und Schewardnadse schaltet. Hält an der Wahlurne Reden. Das Land ist kapores, Schewardnadse hat sich alles in die eigenen Taschen gewirtschaftet und in die seines Clans. Elster und Eichelhäher an der entfernteren Futterstelle. Es schneit viel zu zögerlich.

5. Jaguar 2004, Montag

Glatteis in Norddeutschland. Im Harz wurde der Busverkehr eingestellt. Hab mit der Emily die Vögel gefüttert, und der Maus, die wir beide kennen, Sonnenblumenkerne in ihren Eingang gelegt. Ich hab die Maus schon einmal in der Abenddämmerung im Vogelhaus fressen gesehn. Nun bekommt sie Futter ins Loch geliefert. Die Bauern die Hunde sie fahren Mist. Habe die Rohrweihe gesehen, das geschieht nur im hungrigen Winter. Ich höre immerfort Sir Handel und lese mein Proust weiterhin, immer noch den 4. Band. Dann sah ich einen japonesischen Filmur in Schwarzweiß vom Anfang der fünfziger Jahre. Alte Eltern vom Land besuchen die Brut in Tokio. Nach einer Weile drehte sich bei mir alles von diesen vielen Verneigungen, den flatternden Fächern, weil heißer Sommer dort war.

6. Jaguar 2004, Dienstag

Es regnet bei minus 3 Grad und ergibt keinen Schnee. Schade! Auf sämtlichen Außentreppen das pure Eis. Wolfgang A. rief an, nach der fünften Chemotherapie. Er hat nun den Briefwechsel seiner Eltern Halberstadt – Berlin von seinen Neffen und Nichten bekommen, der hält ihn aufrecht. Seine Eltern schrieben sich von 1943 bis 1945 mindestens alle 2 bis 3 Tage. So skandalöse Ereignisse, wie zum Beispiel dass unser Kater im Krieg Wurscht bekommt. Davon erhalte ich demnächst Kopien, darauf freu ich mich schon. Wie der Kater Murrli Butter bei Lorenzens geklaut hat, anhand der Pfotenspuren überführt worden ist. Lisa schnell ein halbes Stück Butter hingab, dass niemand dem Kater was tut. Die Butter war sehr knapp, es gab sie auf Marken. Also der beste Eisregen hier.

7. Jaguar 2004, Mittwoch

Das Glatteis ist wieder verschwunden. Habe die Handschrift für den Sonderdruck von »Kommt der Schnee im Sturm geflogen« für Thüringen hergestellt. Mit Sepiatinte und dem silbernen Füller. Eingetütet und weg. In der Post waren zwei Taschenbücher Emmy Ball. Sie sagt betrunken taumeln alle Litfaßsäulen. Freu ich mich, kann lesen und lesen. Die Biographie ist von einer Norddeutschen erforscht und geschrieben. Auch vom theatergeschichtlichen Standpunkt sehr interessant. Dass viel kleine Theater entstanden, die Schauspielerinnen nach der Vorstellung für die Gäste dazusein hatten. Dass es einen Bühnenverein gab, der darauf achtete, dass die Schauspieler ihre Verträge einhielten. Was die Gründe waren, dass das Image der Schauspieler so schlecht war. Dass besonders die Damen ab der Mitte des Lebens in die Puffzonen gerieten. Denn es gab keene Altersversorgung. Und ooch die Emmy Hennings kam vor den Kadi, weil sie im Konkubinat hier in Norddeutschland lebte. Sie brach öfter ihre Kontrakte, hatte sicher jeden Grund. Sie hat auch in Meldorf Theater gespielt. Mit dem Vater ihres Kindes in Kneipen gesungen für eine Übernachtung etc.

8. Jaguar 2004, Donner

Lieber als in diesen kleinen Theatern mit deren Spießerpublikum war die Frau Hennings in Kabaretts verpflichtet, da mischte sich alles mit richtigen Künstlern, Schriftstellern, Musikern, Malern. Hugo Ball ist ne Vaterprojektion. Endlich jemand, der sich um sie sorgt, sie aber notfalls auch auf den Strich lässt, anfangs in Zürich zum Beispiel. Der wie ein Vater zu Emmys Kind war. Eine Art Geistlicher ohne Sexleben anscheinend.

9. Jaguar 2004, Freitag

Kam mit der Privatpost ein indonesischer Sarong in Orange mit Seesterne und Hibiscusblüthen druff. Hier kurz vor Spitzbergen ist das im Winter nicht die richtige Kleidung, aber wat sehr Bezauberndes zum Anschaun, Herumliegenlassen. Mit der regulären Post kam eine Gesamtausgabe von Lewis Caroll, die einzige auf Deutsch, die es nun gibt mit denen Illustrationen der Originalausgabe. Lesewetter, es ist so diesig und verschwiemelt, dass man die Eider nicht sieht. Wo mag sie stecken? Ist sie nach Dänemark abgedriftet? Kann sein Weide, kann sein. Die Emily sie muss entwurmt werden, besonders von Bandwürmerchen. Kommt von den Mäusen, die sie so reichlich fängt. Hoffentlich macht die gute Katze keen Theater.

10. Jaguar 2004, Sams

Nee hat sie nicht. Es ist finster wie im berühmten Arsche des Bären. Wirklich wahr. Bin einem Zug entstiegen und schaute um mich. Bemerkte, dass die Lokomotive mit der Hölfte der Wagen auf und davon! fuhr. Und ooch dass mein Koffer darin war. Ein typischer DDR-Koffer. Ich blickte um mich – ich war mit mein Baby und eine getigerte Katze und eine Tasche uff dem Perrong. Das Baby ist im Traum so etwa acht Jahre alt. Und ob die Katze Loulou oder Emily war – schwer zu sagen. Den Koffer wollte ich sausen lassen, keene Lust, hinter dem herzutelefonieren. War er eben weck. Ooch von Emmy Ball-Hennings hab ich geträumt, Genaueres weiß ich nicht mehr. Heute haben Tim und Struppi fünfundsiebzigsten Geburtstag. Ich hab von ihnen ja den Taschenkalender, den mir Maurice aus Luxembourg mitgebracht hat. Hab den ganzen Tag Nebel gesehen. Das andere Ufer war nicht vorhanden. Die Katzen durcheinander gewürfelt, wat zu mir genommen. Meinen berühmten Mittagsschlaf von fünf Minuten getan, der mir so fröhlich macht. Wegen nüscht bin ich fröhlich, ich muss es im Koppe haben.

11. Jaguar 2004, Sonntag

Ich weeß dass ich Massel habe mit meine Verfassung. Hier wieder Nebel-Leben. Schwebte yesterday der Mond schon darinnen. Ich aber will nun Alice lesen und die Übersetzungen vergleichen. Die Ü. von Brüderchen Enzensberger ist besser als die von Parkland. In der Insel-Ausgabe dafür die Illustrationen des Autors. Gilt wieder dass zwei Bücher besser sind als eines. Und die bisher unveröffentlichten Stücker ooch zu haben ist gut. Die Emily hat ihre Entwurmungsportion wieder brav gegessen, das erfreut mich doch sehr. Schon im eigenen Interesse dass wir hier nicht alle Bandwürmer haben wie Frau Callas. Die angeblich ihre Figur damit hielt. Grusele mir. Habe die Katzen ringepfiffen. Absolutes Schweinewetter. Der Regen klatscht aus allen Richtungen hier an die Fenster.

12. Jaguar 2004, Mohntach

Die Katze beklagt sich über das Wetter. Ich hatt die Türe ihr uffgetan, sofort drehte sie bei. Ich will meine kleinen Prosadinger bekieken und auffüllen, habe viele Notizen. Etwas von Weltrand, etwas von Mittelerde. Im Westen sehr schwarze Wolkengebürge. Die Post hatte nur Schrott. Ich les erst wieder a bisserl. Erich hat angerufen, ooch der Tonsetzer war inne Leitung. Sein Auftrag ist unter Dach und Fach. Morton Feldmann hör ich bei meiner Lektüre. Die Musik tropft und der Regen klappert. Nicht umgekehrt.

14. Jaguar 2004, Mistwoch

Weiterhin Überschüttungen und kleine Orkane. Bei 3 Grad Celsius. Der Prozess des Mörders von Anna Lindh beginnt heute. Ein Geständnis liegt vor. Erst muss ich Post herstellen, dann kann ich lesen und lesen. In den Niederlanden hat ein suspendierter Schüler seinen Lehrer erschossen. Heute war es soweit: im Winter kann man in der Ebene mitunter blühende Rapsfelder sehen. Ein bestimmtes Wolkenloch, eher ein Schlitz und die tiefstehende Sonne haut im Westen ein Rapsfeld hin, ein großes schmales knallgelbes. Hält aber nur zwei bis drei Minuten. Emily die Wunderkatze war stundenlang draußen im Regen, aber die kommt trocken dann rin.

15. Jaguar 2004, Donner

Es regnet erheblich. Ich hab die Emmy-Ball-Hennings-Texte zuende gelesen. Die Tagebuchprosa gefällt mir sehr. Bei den Gedichten stellt sie sich ein Bein nach dem anderen meist durch die Reime. Gibt aber ooch nette Dinger dabei.

16. Jaguar 2004, Freitag

Es ist ein Schnee gefallen, doch es regnet hinein. Ergibt Glatteis. Der Salzburger Musensohn schickte ein Fäxchen, er war durch Schneestürme sehr abenteuerlich gefahren rin in die Alpenstraße. Hab ich durchgerufen. Er sprach von der Schneehölle und freute sich was selten ist am Leben zu sein. Ich werd erst mal mein Bette machen und etwas zu mir nehmen. Dann lese ich diesen Japaner. Vorher bin ich in die Familiengeschichte geraten. Plötzlich interessiere ich mich für die mütterliche Seite. Jetzt wo alles zu spät ist, ich niemand mehr fragen kann, muss ich meinen Grips anstrengen und das Mäppchen mit den Papieren suchen. Einige Auszüge aus Kirchenbüchern existieren auch von dieser Linie. Und alles verdanken wir dem Führer. Es geht bis zu den Urgroßeltern von Lisa. Auch die Bewandtnis mit dieser sog. Omatante hab ich rausgekriegt. Die sich um Lisa gekümmert hat als sie noch klein war, sich aber nie die Mühe gemacht hat, herauszufinden, was Lisa gerne gelernt hätte. Weben nämlich. Lisas Urgroßvater also war der Omatante Großvater, einer aus dem Geschlecht der Heidelehrer aus der Lüneburger Gegend. Lisas Mutter ist 1918 an der Spanischen Grippe gestorben. 34 Jahre ist Lisas schöne Mutter lediglich geworden. Als ich 34 war kriegte ich ein Kind. Lisas Eltern waren geschieden, sie blieb bei ihrer Mutter, die in Hasselfelde wieder verheiratet war, laut diesen Papieren mit dem Privatmann Franke. Was ein Privatmann war – ich weeß es nicht, und wo er dann blieb – ich weeß es wieder nicht. Und während des Ersten Weltkriegs hatte Lisa eine kleine Puppe in Feldgrau, einen Soldaten, den sie auf den Ofen gestellt hat als alle so froren. Da sind die Beene verbrannt. War wohl eine von diesen so leicht entflammbaren Zelluloid-Puppen. Und vom schönen Schmuck ihrer Mutter hat mir Lisa auch oft erzählt, sie erhielt nach deren Tod lediglich einen winzigen Ring, den ich nun hab. Es gab aber Goldkäferschmuck und winzige Uhren und sonstwatt, hat sich wohl der nahewohnende Bruder Henry unter den Nagel gerissen. Lisa lebte dann in Halftown bei ihrem Vater, der zum zweiten Mal verheiratet war. Jetzt wüsste ich gern, wo in der Wohnung, die ich mir deutlich vorstellen kann, sie geschlafen hat. Der Bruder lebte ja auch dort – nichts Genaues weiß man nicht.

17. Jaguar 2004, Sams

Mit 17 ist meine Mutter zu dieser Omatante nach Süddeutschland gekommen. Folgte bald die Haushaltungsschule, auf der sie sich mit meines Vaters Schwester befreundete. Das war auch ihre Zeit in der Wandervogelbewegung, dem Jugendbund. Die Handweberei auf der Westerburg war ihre Sehnsucht. Hat sie sich nicht zu sagen getraut. Nach dem Abschluss der Haushaltungsschule tauchte sie in allen möglichen Haushalten unter, in Pfarrhäusern, bei einem lustigen alten Rittmeister, wo sie sich Kanarienvogeleier aufm Teelöffel brieten. Und nüscht verdient, Ausbeutung mit Familienanschluss wie schon gesagt. Im Februar 1934 hat sie in Limlingerode geheiratet. Eines von ihren Blumenstreukindern hab ich in Limlingerode vor ein paar Jahren getroffen. Gestern einen sehr schönen Filmur über die japonesischen Riesensalamander bis zu 2 Meter Länge gesehen. Die mexikanischen Axolotl in allen Farben wie ich sie aus dem Zoologischen Institut in bester Erinnerung habe. Schließlich die Olme die Höhlenthiere aus den Karsthöhlen Sloweniens.

18. Jaguar 2004, Sonntag

Minus 3 ein klarer Tag. Ein Wolkengebürge im Osten, was selten zu sehn ist. Knallwarm im Haus. Reger Betrieb am Futterplatz. Die Eichelhäher bekamen Haselnüsse spendiert. Die Emily habe ich rausgedreht, besser kann das Wetter nicht werden. Bin leider schon mit den Kurzgeschichten des Herrn Murakami am Ende. Sie sind sehr schön, haben alle mit Erdbeben zu tun. Bei den Amazonen neue Japaner bestellt. Die Emily kam nach 4 Stunden nass nach Hause und wurde mit einem pinkfarbenen Tuch frottiert. Nun will sie einen Happen essen und sich aufs Ohr haun. Die Schneeglöckchen sind vier Finger breit aus der Erde. 15 Uhr ist die Sonne verschwunden. Auberginenfarbene Wolken schnappten sie sich. Am Ende des Tags wieder »Der Kommissar« mit dem Emelchen gesehen. »Der Papierblumenmörder«. Die Katze war sehr schläfrig, wollte aber gestreichelt werden.

19. Jaguar 2004, Mondt

Es ist warm und es gießt. Ein Sturm, der gerade entschwindet. Über Nacht hat er fürchterlich im Luftschacht vom Badezimmer gefaucht. Die Seenplatte ringsum ist weiter gewachsen. Der Blaue Maurizius ist gerade mit sein kleines rothes Auto auf und davon. Auf den Regen folgte Sonne, die es nun auch wieder verschluckt hat. Entzückendes Himmelstheater. Bin schon geloofen, mit Gummistiefeln. Wenn man nicht schnell genug rennt versinkt man. Auf dem Reiherbaum hielten sich Bergfinken auf wie es im Winter öfters passiert. Und ooch die gemeine Stockente flatterte herum. Einige Rehe, sonst war keener zu sehn. Nun lese ich noch die Kurzgeschichten von Salinger, und später hör ich Büchermarkt. Oh yeah.

20. Jaguar 2004, Dienst

Null Grad und trocken, ringsum Glatteis und Verkehrskatastrophen. Hält man nit für möglich hier. Eine Insel des Friedens. Vor Norwegen ein gekenterter Frachter. Der Bug nach oben. Hatte Steine geladen. Sie schweißen Löcher hinein. 12 Mann sind noch an Bord, ebensoviel sind gerettet. Die Steine waren für Deutschland bestimmt. Warum aber warum bin ich so sehr früh schon uffgestanden? Ich bin meist gleich so hellwach dass ich einfach senkrecht bin. Will wissen wieviel Grad sind und so weiter. 16 norwegische Matrosen werden noch vermisst. Die haben keine guten Karten. Vor Bergen der Schauplatz. Die Steine sind für die Befestigung von Ölplattformen bestimmt gewesen, heißt es nun. Es beginnt auf eine sehr diskrete Art zu schneien. Hab mir das genau angesehn als ich das Vogelhaus füllte. Die Maus bekam auch was, auch eine Rosine. Die denkt es naht der Nikolaus wenn sie mich herankommen hört. Aber vor Emily muss sie sich in Acht nehmen. Die folgt mir auf dem Fuß. Mit meiner Lektüre bin ich am Ende. Was sagt die eine Wand zur anderen? Wir treffen uns in der Ecke! Die bestellten Japoneser erreichen mich frühestens morgen. Stimmt gar nicht! Kaum hatte ich diese defätistischen Sätze geschrieben, da klingelte die Post und es kam ein Paket von denen Amazonen. 2 fette Murakami, 1 Kenzaburo Oe. Könnt ich loslegen. Aber ich fahr erst einmal nach Tellingstedt. Das Auto sprang nicht an. Die Batterie hatte Nebel geschlürft. Muss ich die Werkstatt anrufen, dann kann ich lesen.

21. Jaguar 2004, Mistwoch

Minus 1 Grad und silberne gefrorene Pfützen. Werd ich das Vogelhaus überschwänglich! mit Futter versehen. Die Krähen sitzen abwartend über dem Kompost. Er besteht zu großen Teilen aus Kaffeesatz. John Dowland das is was for mir. Hab ich doch geahnt. In Kassel am Hof ist er auch gewesen. Nur im eignen Land wollten sie ihn nicht. Er hat auch italjänische und französische Lieder von seinen Reisen mit nach England gebracht. Die Gestalten am Futterhaus bei Minustemperaturen sind ganz bezaubernd! Waren gerade Kernbeißer dort, diese großen plumpen Wesen. Vierzehn Uhr hat es sich uffgehellt. Fliegen die Katzens aussem Haus. Sonst maulen sie abends herum. Und nun lese ich weiter. Ja und es schneit schon tagelang da in Japan. In Sapporo, aber gleich fliege ich wieder nach Tokio retour. Hab schon mein Ticket. Die Schneeflocken sind groß und ein Mädchen heißt Yuki, das bedeutet Schnee auf Japanisch. Und nun wieder eine Verknüpfung, um die es in dem Buch von Murakami ja geht. Als ich Biologie studierte, da nannten die Knaben vom höheren Studienjahr mich ebenfalls Yuki. Einesteils weil ich gerade japanisch aussah, andererseits leiteten sie es von Succinea der Bernsteinschnecke auch her. Die Verknüpfungen gehen umso flotter, je voller der Kopp is.

22. Jaguar 2004, Donner

Eine entzückende Versammlung an denen Futterstellen als ich die Augen aufschlug! Die herrlichen Hauskrähen am Hühnerfutter, viel Drosseln, beide Spatzenarten, Meisen, Buchfinken, Grünfinken, dann kam der dreifarbene Nachbarkater und alles zerstob. Eine Spur Puppenschnee schickt sich an von Ost nach West zu fliegen. Es wurde mein Silberpfeil vor die Tür gestellt. Bin ich nach Tellingstedt gefahren und hab französisches Katzenfutter geholt und Obst und alles mögliche noch. Hab schöne kahle Bäume gesehen, die besten Knicks. Dicke Kaninchen getroffen. Erich rief an, wollte was über Thomas Kling hören. Aber ich weeß ooch nur dass er dood is. Erich befasst sich nun mit Holterling und das erfreut ihn sehr.

23. Jaguar 2004, Freitag

Eine sehr kleine Schneedecke, das unverwüstliche Grün schaut überall noch herfür. Habe mich überzeugt, bin a Stückerl geloofen. Alle Gräben gefroren. Möwenschwärme getroffen. Ich beginne mit dem nächsten Buch desselben Japaners. Hör »The Collected Work 4« von Maestro Dowland darzu. Emily ging zum Schülerausgang vom Salong raus, kam aber gleich durch die Küche wieder rein. Hat den Telefondienst übernommen. Immerfort nur gelesen. Dreiviertel eines Buchs schon geschafft. 2 Suicide von Jugendlichen. Schöne einsame Landschaften und eine Klapsmühle in einer solchen. Und siehe es hat seit Mittag geschneit, alles ist herrlich weiß fußhoch.

25. Jaguar 2004, Sonntag

Bin über den Schnee geschritten das Vogelvolk füttern. Auch 2 Haselnüsse ins Mausloch gerollt. Es ist zu befürchten, dass die Maus so zunimmt, dass sie das Loch nimmer verlassen kann. Emily ging in Deckung, wollte nicht raus. War sehr vergnügt, als ich die Tür wieder geschlossen hatte. Fertig mit dem Japaner. 12 Uhr war ich durch. Ganz benebelt sitz ich über dem Schnee. Auch in Japan war alles weiß. Besonders um die Klapsmühle herum. Liegt der nächste Murakami bereit. Eine Katze wird mittels Hellseherin gesucht. 750 Seiten liegen vor mir, kein Grund in Panik zu geraten. 2 Tage reicht das wenn ich ab und zu eine Pause mache. Das 2. Marsmobil hat sich entfaltet. Schwarzweiße Fotos gesendet.

26. Jaguar 2004, Mont

Minus 6 Grad immerhin. Der Schnee liegt noch, die Sonne scheint. Ich werd wieder lesen. Solange der Vorrat reicht. Aber das Singfedervieh muss erst gefüttert werden. Bei minus 6 Grad könnten auch Fagianos kommen.

29. Jaguar 2004, Donner

Schnee satt über Nacht, minus 6 Grad am Morgen. Klingt alles gedämpft. Der Bauer fuhr Schneeschieben mit dem Trecker. Es ist noch rabenschwarze Nacht, 7 Uhr mal gerade. Und icke schon mit mein Koffie im 1. Stock. Der Japaner ist im Gebiet der Esotherik nun angelangt. Schade for him. Sein Zettelkasten war zu umfangreich. Schneefegen muss ich, den Bambus abschütteln. Er kniet auf der Treppe zur Straße. Alles gethan. Der Bambus stieg sacht empor. Jetzt fällt der Schnee so dicht, dass ich Ponte Rosa nimmer erkenne. Der reinste Bilderbuchschnee, kann sich der Bambus gleich wieder hinknien. Bekommt ab und zu einen Puff von meinem Hexenbesen am Fuß der Treppe. Würd ich gern spazieren und a bisserl verloren gehen. Doch muss ich auf den Klempner ja warten, der den Badeofen reparieren will. Jede Stunde muss ich die Treppe fegen. Was sehr leicht geht bei Pulverschnee. Mittags hörte es auf zu schneien, ich sah blauen Himmel. Schickte die Emily schnell mal los. Um 15 Uhr schneite es wieder. Die Samtpfoten sind alle im Haus. Und ich hab gelesen, mir Waffeln gebacken, wieder gelesen. Die Temperatur sank auf minus 4, bisher ist keen Klempner gekommen. Der Bambus ist wieder am Boden. 15 cm Schnee hab ich gemessen mit meinem orangefarbenen Lineal. In der Dunkelheit Blitze und Wetterleuchten. Eine sehr verrückte Natur den ganzen Tag.

30. Jaguar 2004, Freitag

Minus 5 Grad herrschen, und ne Schneefront wird angekündigt, darnach soll es wärmer werden, alles so unökonomisch wie immer. Über Nacht war es durch den Schneeregen so glatt, dass die Brummis stecken blieben wenn sie halten mussten. Bevor der dichte Schneefall begann, trat ich in der Dunkelheit in den Garten und wollte die Kuhglocken anschlagen, die Katze hereinzuholen. Im Bruchteil einer Sekunde nahm ich die Rücklichter auf einer benachbarten Koppel wahr, konnte den Trecker mit einem Miststreuer erkennen, jetzt fahren sie nachts schon Mist dachte ich, obwohl das mit der Nacht übertrieben war ich sah schwarze feuchte glänzende Erdpartien, gleichzeitig im Garten in 2 m Höhe einen sehr großen graubeleuchteten Vogel sacht fliegen. Der war sehr groß – was konnte er für ein Vogel nur sein? So fliegt doch kein Reiher hier durch den Garten. Die Flügelspanne ganz riesig. Die roten Rücklichter des Miststreuers, der sanfte Riesenvogel, die immer schwärzer werdende Nacht – alles war ein Bild der Geborgenheit ja. Und die Katze sprach mich seitlich an bevor ich geläutet hatte. Jetzt wo alles weiß leuchtet, der Schnee jede Nacht höher wächst, fiel mir das schwarze Bild mit den grauen sanften Flügelschlägen ins Hertz. Ging nun mit der Katze die Vögel füttern. Die Emily versank bis zum Bauch. Kam dann auch wieder mit rein. Wir machten Plätze frei für das Hühnerfutter, hängten Meisenknödel auf und füllten das Vogelhaus. Betrachteten das herrliche Morgenroth, das sich im Schnee widerspiegelte. Die Vögel waren sofort da, und auch eine Tannenmeise saß an einem Futterklumpen. Am Nachmittag ist es plötzlich wärmer geworden, es regnet. Wird es erst einmal sehr glatt, besonders in Tee, wo nicht geräumt wird. Darf man nicht bremsen. Der Sturm wird ständig lauter, schüttelt den Schnee von den Bäumen. Ein wunderbares Brausen in meine alten dreckigen Ohren, als ich mit dem Eismann so vor der Tür stand und schwatzte.

31. Jaguar 2004, Sams

2 Grad plus, stockfinstere Nacht. Tauwetter. Heult ein vielstimmiger Sturm. Hab mit der Emily die Nase rausgesteckt, sie hielt sich zurück und rannte dann trappelnd die Treppe ruff. Mit kleene goldene Hufe. 14 Uhr ist die Schräge des Deichs wieder grün. Die weißen Flächen, von den Strichen der Gräben getrennt, sind grau geworden. 3 Grad plus. Klatschnasse Scheiben. Die Emily schläft durch. Ich lese den ganzen Tag.

1. Zebra 2004, Sonntag

Der Schnee ist gänzlich verschwunden. Drei Grad plus, nahezu windstill, nachdem der Sturm wie ein Irrer über uns herfiel. Die Eyder gestrichen voll, die Seenplatte sehr ausgedehnt. Und es tanzen die Mücken. Aber was der Nobelpreisträger so schreibt – ich weeß nicht, ob es an die Übersetzung nur liegt. »Allmählich wuchsen in Bird Schösslinge einer unerträglichen Trübsal auf.« Kenzaburo Oe. Das Gift der Mutlosigkeit zerfrisst nun den Helden. »Auch sie bewegte sich jetzt auf den Nordpol ihrer schlechten Laune zu.« Kann natürlich viel an der Übersetzung liegen. Die Färbung kann gänzlich verkehrt sein.

2. Zebra 2004, Montauk

Sturmgeheul, Ausschüttung von Regen die ganze Nacht. Gestern mit der entzückenden Katze wieder »Der Kommissar« gesehen, und zwar mit Marianne Hoppe, und immer mal sprach die Katze mit uns, halb bewusstlos vom Schlaf. Ich muss 7 Uhr 30 den Klempner erinnern. Hab ich gethan. Er will kommen, sich alles ansehen, es gäb zu viel Arten solcher Ventile. Der Herr Kenzaburo ist eine Spur zu didaktisch geraten, wenn er auch wirklich gut schreiben kann. Er hat ein System, welches er einhalten will, da hör ich die Nachtigall trampeln. Der Klempner hat sich alles angesehen und besorgt nun was kapores hier ist. Selbstmordattentate im kurdischen Norden des Irak. 67 Tote im Parteibüro der Kurden. Anschläge auf Amerikaner auch jeden Tag. Die hätten sich mal einen Kopp machen müssen, wie die Nachkriegszeit geht.

4. Zebra 2004, Mistwoch

Jetzt sind 10 Grad am Morgen. Es ist ja wie im Süden! Hab die Mücken tanzen gesehn. Heute muss ich mich um meine Berliner Lesungen kümmern. Ich soll noch in der Wolffschen Buchhandlung lesen, nachdem ich im Colloquium war. Der Elektriker war da, hat sich der Heizung gewidmet. War alles ne Frage der Einstellung bloß wie oftmals im Leben. Auch der Klempner hat seine Arbeit gethan. So dass der Provinzmensch wieder baden gehn kann. Mit Quietscheentchen und kleene gelbe Submarins zum Beispiel. Es regnet, es tobt ein mittleres Stürmchen über uns hin. Steckt die Zunge in unseren Rauchfang, dass es uns gruselt wann wir in der Badewanne uns befinden.

5. Zebra 2004, Donner

In Süddeutschland Sonnenschein bei 18 Grad, im Norden nur Regen, Regen, Regen, 10 Grad. Ich bin bereits um 5 uffgestanden, hatte fertich. Ich steh ja auch gern immer wieder auf. Mit mein Espresso in die Dunkelheit rein. Bei rauschendem Wind, klopfenden Ranken. Die Elisabeth hat ein wunderbares Buch für ihren Schweizer Verlag übergesetzt: Carlos Pellicer, von welchem ich nie gehört hab. Jahrgang 1897, wie zum Beispiel mein Vater. Sehr schöne Gedichte, sehr gut übersetzt, ohne Verdrehung. Er hat in Mexiko Museen ausgestattet, unter anderem das von Rivera und Frida Kahlo. Hab der Elisabeth ein dankbares Kärtchen geschrieben. Solch schöne Zeilen hat sie übersetzt: »Nichts Transzendentes geschieht, / wenn man einmal von den Rosen absieht.« Hab erst einmal zwei Waschmaschinen in Arbeit gehabt. Doch ich hab nur eine wenn ich ehrlich bin. Im Garten ist es gänzlich sumpfig. Bin hindurch gepatscht, hinter allen möglichen Papieren her, der Wind hatte die Mülltonnen umgeworfen und alles zerstreut.

6. Zebra 2004, Freitag

Noch einen Tag soll es frühlingshaft zugehn, morgen könnte es schneien. Eine Explosion in der fahrenden Moskauer Metro. Tote und Feuer. Ein Erdbeben in Neuguinea. Keine Nachrichten, die Telefone sind kapores. Nachher muss ich mit meinem Schwimmauto los um etwas einzukaufen. Katzenfutter und ooch dass mein Silberpfeil nicht wieder inschläft.

7. Zebra 2004, Samstag

Es wird kälter, ein erneuter Winter steht vor der Tür. Und gestern waren in Freiburg schon 21 Grad. Hab lauter Cocolores gethan. Post ooch noch darzu an die Thüre gehenkt. An alle möglichen ollen Knaben. Die Katze sitzt auf ihrem Kaschmirschal. Ich lese gerade »Landnahme« von Christoph Hein, eine Lektüre, die mir von Gutmeinenden zugeschickt wurde. Von der Kritik wurde er sehr gelobt. Scheint allet furztrocken zu sint. Nicht ein wunderbarer Satz, keine einmalige Beobachtung, einfach nichts was mir umhaut. Fünf verschiedene Personen labern über ein Umsiedlerkind, fürchterlich fürchterlich isses.

8. Zebra 2004, Sonntag

Eben schaute die Sonne herfür, nun rollen schwarze Kulissen heran. Maurizio und die Emily sind herraußen. Sie sägen. Später kam die Emily rin, häkelte an meinem chinesischen Teppich. Ich sagte: das dürfen wir nicht! Da gibt es was auf die Mütze! Und Moses sprach: auf die Matrosenmütze?

9. Zebra 2004, Montag

Eisglätte am Morgen. Der Mond halbiert und am Untergehn. Hellblaues Glas hinter der Eider. Ich geh an mein Laptop mal hin. Bin zwei Stunden in Halftown gewesen, zum Rhoden hin, wo am Bahndamm die Veilchen wuchsen. Linsengroße Schneckenhäuserken die es dort gab. Wir liefen dorthin durch die Erbsenbeete des Bauern, darf man sich nicht erwischen lassen, also schnell schnell und in Deckung, dann kommen schon Felder und Wege, die nimmer verboten sind. Über die Bahngleise sollten wir natürlich nicht gehn, wir haben es wieder und wieder getan, und mitunter wurden gerade die Signale gestellt und es bewegten sich die entsprechenden Drähte über dem Boden. Kam auch ein Zug. Wir retournierten mit Veilchensträußen. Abends haben wir Treibball gespielt, die Straße rauf und runter. Anscheinend war dort kein Verkehr. Ich kam nach Hause und hing Lisa am Rock. Gingen wir Nachbarn besuchen.

12. Zebra 2004, Donner

Leise rieselt der Schnee. Eine zierliche Decke ist ausgebreitet. Mit Lochstickerei und Hohlsaum. Und es ist die Zeit, wo die Türen von fremden Katern gekennzeichnet werden. Boah wie die Unbeschnittenen stinken. Sie loofen auch hier herum. Mittags ist aus dem Schnee Wasser geworden. Ich hör stundenlang »Rinaldo« von Maestro Handel wie die Engländer sagen. Ein Album mit 3 CDern. Kam der Buntspecht zum Futterplatz vor die Nacht noch hereinbrach.

13. Zebra 2004, Freitag

Die Emily ist auf dem Kaschmirschal gelandet. Dichter Nebel, den ich über Nacht schon gesehen habe. Die Schneeglöckchen lassen die Köppe hängen wie es sich gehört, stehen nimmer stramm. Der Hamamelisstrauch blüht sehr verzaubert, es kommt Schwung ins Pflanzenreich so allmählich. Seh auch die Hasen laufen.

18. Zebra 2004, Mistwoch

Das Wetter verändert sich wieder zum Winter hin. Ich befand mich im Orient die ganze Nacht. Auf einem Basar mit herrlichen Tüchern und duftenden Kräutern. Hatte gestern bei arte etwas über Abschiebeflüchtlinge gesehen, daher konnte es rühren. Positiv geträumt. Bin herrlich über die Geest getrudelt mit meinem kleinen silbernen Auto. Die ersten Bienen flogen vor der Kaufhalle rum, wo die Primelpötte ja standen. In Lenderhude wieder die Croci, die aus dem Bauerngarten über die Straße gelangt sind. Fuhr sich herrlich in der alten Sonne, und als ich hier einbog, saß die Emily im Fenster und winkte mit der Pfote wie ne japanische Katze. Das bringt wahnsinnich viel Glück.

FSC
Mix
Produktgruppe aus vorbildlich
bewirtschafteten Wäldern und
anderen kontrollierten Herkünften
Zert.-Nr. GFA-COC-1262
www.fsc.org

Verlagsgruppe Random House FSC-DEU 0100
Das für dieses Buch verwendete FSC-zertifizierte Papier *EOS*
liefert Salzer, St. Pölten

2. Auflage 2008

Typographie und Satz: DVA/Brigitte Müller
Gesetzt aus der Walbaum
Druck und Bindung: Friedrich Pustet, Regensburg
Printed in Germany
ISBN 978-3-421-04316-0

www.dva.de